KU-542-831

Sgwid Beynon
a'r Dyn Marw

gan

Siân Lewis

ACC. No: 02717500

Ⓟ Prifysgol Aberystwyth, 2010 ©

Mae hawlfraint ar y deunyddiau hyn ac ni ellir eu hatgynhyrchu
na'u cyhoeddi heb ganiatâd perchennog yr hawlfraint.

Cyhoeddwyd gan y Ganolfan Astudiaethau Addysg, Aberystwyth
(www.caa.aber.ac.uk)

Noddwyd gan Lywodraeth Cynulliad Cymru.

ISBN: 978-1-84521-391-6

Golygwyd gan Delyth Ifan
Llun y clawr gan Anne Lloyd Cooper
Dyluniwyd gan Richard Huw Pritchard
Argraffwyd gan Y Lolfa

Fflach Newyddion

Dustin Starr wedi marw. Corff Dustin Starr wedi'i ddarganfod ar draeth yng Nghernyw.

Gwyliodd Sgwid Beynon y geiriau'n llithro dros waelod sgrin deledu ei gymdogion, Anna a Magi Trevena. Gwyliodd y newyddiadurwraig yn cynhyrfu, yn gwrando ar ei ffôn clust, yn rhythu ar y neges testun uwchben y camera.

'Mae heddlu Cernyw newydd gyhoeddi mai Dustin Starr oedd y dyn ddarganfuwyd yn farw ar draeth ger Port Isaac ddeuddydd yn ôl, Dustin Starr, y dyfeisiwr enwog a pherchennog Cwmni Stardust Tiles, sydd â'i bencadlys ym Mhencelyn yng Nghanolbarth Cymru.'

Yn y pellter, y tu draw i'r ffenest, clywodd Sgwid waedd o fraw. Dychmygodd y cynnwrf yn lledaenu fel ton drwy strydoedd Pencelyn. Yn ei ymyl, ar y soffa, clywodd Anna'n dal ei gwynt wrth i lun Dustin Starr lenwi'r sgrin. Dustin yn ei 'iwnifform' arferol o jîns *designer* du, a chrys Polo du gyda phatrwm tei wedi 'i brintio ar y tu blaen. Ei gynffon o wallt lliw llygoden yn gorwedd yn dwt ar ei ysgwyddau, a gwên annwyl, ddireidus, hyderus ar ei wefusau. Gwên rhywun oedd yn meddwl y byddai'n byw am byth.

'Dustin Starr,' meddai gohebydd o Gymru, a'r braw a'r syndod yn glir ar ei wyneb, 'cynllunydd ifanc arbennig o gyffrous, a gwyddonydd gwych.

'Mae'n debyg fod Dustin Starr yn mwynhau gwyliau tawel yng Nghernyw, ar ôl arddangos ei deils yn Llundain fis diwetha, ac wedi disgyn oddi ar glogwyn wrth gerdded ar hyd yr arfordir.

'Bydd colled enfawr ar ei ôl ledled y byd, ond yn enwedig yma yng Nghymru. Er nad oedd gronyn o waed Cymreig yn ei wythiennau, fe fabwysiadodd ein gwlad, a dysgu'r iaith.'

Canodd ffôn Sgwid. Neidiodd Sgwid ar ei draed a brysio i'r cyntedd.

'Ti 'di clywed?' llefodd llais Joe, ei ffrind. 'Ti 'di clywed am Dustin?'

'Ydw.' Roedd Sgwid wedi clywed ers deuddydd. Ei dad, Idris Beynon, oedd Rheolwr Cyhoeddusrwydd Stardust Tiles. Ddeuddydd yn ôl roedd yr heddlu wedi galw amdano, ac roedd e ac Anita, mam Sgwid, wedi gorfod mynd ar eu hunion i Gernyw i drio adnabod y corff, heb ddweud dim wrth neb ond Anna, Magi a Sgwid.

'Dyw hi ddim yn DEEEEEEEG!' udodd Joe. 'Dyw him ddim yn DEEEEEEG!'

Tybed?

Y noson honno, a'r teledu'n dangos y mynydd o flodau a negeseuon torcalonnus o flaen gatiau ffatri Stardust Tiles, ffoniodd Sgwid ei dad.

'Ife damwain gafodd Dustin?'

'Does neb yn siŵr eto.'

'Wyt ti'n meddwl mai damwain oedd hi?'

'Alla i ddim dweud.'

'Neu hunan-laddiad?'

'Falle.'

'Neu rywun wedi 'i ladd e?'

Daliodd Sgwid ei wynt a gwrando ar ymateb ei dad. Teimlo'r cryndod i lawr y ffôn. Dychmygu wyneb ei dad yn tynhau.

'Dim syniad,' meddai'i dad yn swta.

'Rwyt ti yn siŵr ei fod e wedi marw?'

'Ydw,' meddai Idris Beynon yn gadarn.

1

Ychydig dros flwyddyn ar ôl marwolaeth Dustin Starr – marwolaeth ddamweiniol yn ôl y crwner – roedd S. Gwydion Beynon (Sgwid i'w ffrindiau) yng nghanol torf fawr gyffrous o gefnogwyr rygbi oedd yn llifo allan o Stadiwm y Mileniwm yng Nghaerdydd.

Roedd y dorf newydd weld Cymru'n chwarae yn erbyn Awstralia.

Yn CURO Awstralia!

Am gêm! Dwy funud i fynd a Chymru'n colli 21-25. Yna'r lein ger llinell gôl Awstralia. Y bachwr yn taflu, y bêl yn hedfan, y fflam dân o grysau cochion yn codi, y capten yn plymio a ...

'IEEEEEEE!'

Y sgôr derfynol oedd Awstralia 25, Cymru 28. Llifodd y don fawr goch ar hyd Stryd y Frenhines gan chwifio'u baneri, a gweiddi nerth eu cegau 'Fe ddaeth yr awr!' ('Fe ddaeth yr awr' oedd enw'r arddangosfa Arthuraidd oedd ar fin agor yn y Bae, ac roedd rhyw *entrepreneur* craff wedi mabwysiadu'r slogan a'i roi ar filoedd o grysau-T coch oedd wedi gwerthu fel slecs.)

'Fe ddaeth yr awr!' gwaeddodd Sgwid ar ferch mewn het siâp daffodil, a phwnio'r slogan ar ei grys.

'Fe ddaeth yr awr!' gwaeddodd hithau'n ôl, a phlannu sws ar

ei foch. Sws swnllyd, fel dau bysgodyn jeli'n cwrdd.

Llwwwwwp!

Ar yr union eiliad honno canodd ffôn Sgwid yn ei boced, ond wrth gwrs chlywodd e ddim byd. A fyddai e ddim yn gwrando ar y neges nes cyrraedd yn ôl i'w westy dros awr yn ddiweddarach.

Waw!

Cymru'n curo Awstralia. Am ddiwrnod bythgofiadwy. BYTHGOFIADWY! Roedd Sgwid ar ben ei ddigon, ac nid yn unig o achos y rygbi. Fel anrheg pen-blwydd (cynnar), roedd ei fam a'i dad wedi trefnu wythnos o wersi snwcer iddo mewn gwesty crand yng Nghaerdydd.

A phwy oedd wedi cerdded i mewn drwy ddrws y stafell snwcer y bore hwnnw?

Ronnie O'Sullivan.

RONNIE O'SULLIVAN!!!

Oedd, roedd y Rocket ei hun, pencampwr y byd ac arwr mawr Sgwid, wedi cerdded i mewn i'r stafell snwcer a chwarae ffrâm yn ei erbyn.

WAW enfawr!

WAW driphlyg!!!

Felly roedd Dustin Starr ymhell o feddwl Sgwid, wrth iddo sboncio i mewn i Westy Halcyon y noson honno yng nghwmni Gari Humphreys, ei hyfforddwr snwcer, y ddau'n drewi o biffbyrgyrs a tships, ac yn gwenu fel gatiau. Doedden nhw ddim wedi stopio gwenu ers y gêm.

'Wela i di yn y bore, Sgwid,' meddai Gari wrth ffarwelio ag e ar y llawr cynta. Roedd stafell Gari ei hun ar lawr uwch.

'O... cê!' Nodiodd Sgwid, ac ysgwyd llaw, fel petaen nhw newydd chwarae mewn gornest snwcer. Wedyn i mewn ag e i'r stafell wely a phwnio'r awyr â'i ddau ddwrn. 'Cymru dau ddeg wyth, Awstralia dau ddeg pump,' gwaeddodd ar y creadur chwyslyd yn y drych o'i flaen. Roedd gwallt y creadur yn bigau gwlyb ar dop ei ben, a'i wyneb mor goch â'i grys-T. 'Cymru dau ddeg wyth, Awstralia dau ddeg pump,' gwaeddodd Sgwid eto, cyn cipio'i ffôn o'i boced.

Cymru 28 Awstralia 25. Fe ddaeth yr awr!

Gyrrodd y neges at ei ffrind Joe yn Sbaen, ac at ei fam a'i dad oedd ar eu gwyliau yn y Swistir. Paratoi i decstio'i ddwy chwaer yn Thailand oedd e, pan ganodd y ffôn yn ei ddwylo.

'Sgwid!' meddai llais Anna Trevena.

'Cymru 28 Awstralia 25!' gwaeddodd Sgwid, a disgyn ar ei gefn ar y gwely. 'Cymru...'

'Gest ti fy neges i?' meddai Anna ar ei draws.

'Neges?'

'Dim ots,' snwffiodd Anna. 'Ble wyt ti?'

'Yn y gwesty.'

'Oes teledu gen ti?'

'Oes teledu? Wyt ti'n gall? Fyddwn i ddim yn aros mewn gwesty heb...'

'Ocê, ocê. Jyst gwylia'r newyddion ar BBC 1, wnei di? Mae bron yn amser i'r newyddion chwaraeon. Gwylia'r rhaglen nawr, ac fe ffonia i di'n ôl.'

Cliciodd y ffôn. Hm, meddyliodd Sgwid. Beth oedd yn bod arni hi? Rholiodd oddi ar y gwely, gwasgu botwm y teledu ac estyn am y cliciwr. Daeth wyneb Huw Edwards ar y sgrin. Roedd e'n siarad â hen wraig esgyrnog mewn fest lwyd. Ar y fest roedd y geiriau *I dig the dig*. Clywodd Sgwid y geiriau 'lladron a fandaliaid' cyn i'r fenyw ddiflannu.

Aeth Huw Edwards yn ei flaen i sôn am ryw brotest yn erbyn llong asbestos, ac yna am ganlyniadau lefel A. (Bo-ring!) Edrychodd Sgwid ar ei ffôn. Be oedd y neges oedd Anna wedi'i hanfon ato'n gynharach? Gwrandawodd arni.

'Sgwid! Gwylia newyddion BBC1!' Sŵn cyffro yn ei llais.

Ha! Mae hi wedi gweld fy llun i ar y teledu, meddyliodd Sgwid. Fi a Gari'n gweiddi nerth ein cegau yn Stadiwm y Mileniwm. Gwenodd ac eistedd ar droed y gwely tua metr o'r sgrin.

Roedd Huw Edwards yn gwenu hefyd.

Ei lais yn cynhesu.

Roedd Cymru wedi curo Awstralia o 28 i 25, meddai. Funudau cyn y diwedd roedden nhw ar ei hôl hi o bedwar pwynt, ond...

A nawr dyma ddangos y cais tyngedfennol.

Y lein.

Y cochion yn codi.

Y bêl yn hedfan, y capten yn hedfan…

'IEEEEEEEEEEE!!'

Y camera'n canolbwyntio ar y dorf. Y dorf yn mynd yn wallgo. Pawb â'u llygaid wedi'u hoelio ar gapten Cymru oedd newydd sgorio cais.

Pawb ond un.

Un person â streipiau coch, gwyn a gwyrdd ar ei wyneb main yn edrych y ffordd arall.

Teimlodd Sgwid glec yn ei frest. Sŵn ei galon yn taro'n erbyn ei asennau. Llithrodd cliciwr y teledu o'i law.

A chanodd y ffôn.

2

'Sgwid?'

'Ie?'

'Welest ti e?'

Llifodd diferyn o chwys rhwng bysedd Sgwid a threiglo i lawr y ffôn.

'Wel?' meddai Anna.

Syllodd Sgwid ar y teledu heb weld dim byd ond yr wyneb streipiog oedd wedi hen ddiflannu. Ac er bod capten tîm Cymru'n siarad, chlywodd e ddim byd chwaith – dim ond drymio poenus ei galon ei hunan a bwrlwm anadl Anna ar ben draw'r lein.

'Sgwid?' chwyrnodd Anna.

'Be?'

'Welest ti'r dyn â'r streips?'

'Do.'

'Be ti'n feddwl?'

Llyncodd Sgwid. 'Be dwi'n feddwl?' atebodd, gan roi cyfle i'w galon arafu. 'O'n i'n meddwl fod y dyn...'

'Yn debyg i Dustin?' meddai Anna ar ei draws.

'Ie,' cytunodd Sgwid. 'Ond...Hei, callia, Anna! Mae Dustin wedi marw.'

'Ydy,' meddai Anna.

Ond doedd Anna ddim yn credu.

Doedd hi erioed wedi credu. Dustin o bawb wedi marw? Dustin oedd mor glyfar, hyderus a chyfrwys. Dustin o bawb yn ddigon diofal i ddisgyn dros glogwyn yng Nghernyw? Amhosib. Ond mi oedd e wedi gwneud hynny. Ffaith! Roedd yr heddlu wedi dweud. Roedd Idris Beynon wedi dweud. Ac roedd Sgwid yn barod i dyngu nad oedd ei dad yn twyllo. Os oedd Dad yn dweud mai Dustin Starr oedd yn gorwedd ym mynwent Pencelyn o dan y llwythi o flodau oedd yn dal i gyrraedd bob dydd bron, yna Dustin oedd e. Roedd e wedi marw. Ffaith!

'Edrych ar y laptop ta beth,' meddai Anna'n wylaidd. 'Edrych am y newyddion chwaraeon. Mae 'na ddarn bach o ffilm sy'n dangos y cais a'r dyn. Rhewa'r llun ac astudia fe'n ofalus.'

Dyna oedd Anna'n 'i wneud. Gallai Sgwid glywed hymian ei chyfrifiadur dros y ffôn. Yn ei chartref y drws nesa i gartref Sgwid ym Mhencelyn roedd hi'n edrych ar y llun, ac yn DAL i feddwl mai Dustin oedd y dyn.

'Mae Dustin wedi marw!' meddai Sgwid yn ddiamynedd 'Wir i ti! Fyddai Dad ddim yn dweud celwydd.'

'Na.'

'Felly pam...?' Caeodd Sgwid ei geg yn glep.

Doedd dim iws colli'i dymer. Nid ar Anna oedd y bai.

Ar Dustin oedd y bai, y Dustin dieflig na wyddai neb ym Mhencelyn amdano ond Sgwid, Anna, a'u rhieni.

Flwyddyn yn ôl, roedd Dustin Starr wedi lladd, ac wedi trio lladd. Dim ond chwarae plant bach oedd rhedeg cwmni teils i rywun mor glyfar â Dustin Starr. Roedd ganddo gynlluniau llawer mwy dirgel a chreulon.

Flwyddyn yn ôl roedd Dustin wedi cynllwynio i ddymchwel awyren oedd yn dod ag Arlywydd Rwsia i Brydain. Oni bai am Sgwid, byddai'r cynllun wedi llwyddo. Er lles y wlad, wyddai neb am hynny. Neb ond y Cabinet, a'r heddlu cudd, a dyrnaid o bobl gafodd eu bygwth gan Dustin. Ymhlith y rheiny roedd Sgwid a'i rieni, ac Anna a'i mam.

Adeg ei farwolaeth, roedd yr heddlu'n chwilio am Dustin

Starr. Dim rhyfedd fod Anna'n methu credu ei fod e wedi marw mor handi. Dim rhyfedd chwaith ei bod hi'n dal i gael hunllefau.

'Oni bai fod y dyn streipiog yn digwydd edrych y ffordd arall pan sgoriodd Cymru, fydden ni ddim wedi sylwi arno fe o gwbl, fydden ni?' meddai Sgwid yn garedig. 'Falle 'i fod e wedi gweld *streaker* yn rhedeg y pen arall.'

'Ble oeddet ti'n eistedd, Sgwid?' gofynnodd Anna.

'Fi?'

'Ble oeddet ti'n eistedd yn Stadiwm y Mileniwm?'

Caeodd Sgwid ei lygaid. 'Anna!' ochneidiodd.

'Jyst dwed wrtha i, Sgwid.'

'O'n i...' Tynnodd anadl hir. 'A!' Neidiodd ei lygaid ar agor. 'O'n i'n eistedd y tu ôl i gôl Awstralia, bron yn union lle digwyddodd y cais,' meddai'n falch. 'Roedd y dyn â'r streips yn edrych y ffordd arall. Felly, doedd e ddim yn edrych arna i.'

'O,' meddai Anna.

'Doedd e ddim!' meddai Sgwid. 'Stopia boeni, Anna.'

Ond doedd Anna ddim am stopio. Roedd hi'n meddwl ei fod e, S. Gwydion Beynon (Sgwid i'w ffrindiau) dan fygythiad. Fe, wedi'r cyfan, oedd wedi rhwystro cynlluniau Dustin flwyddyn yn ôl.

'Wyt ti'n edrych ar dy laptop, Sgwid?'

Snwffiodd Sgwid yn grac a chodi ar ei draed.

Doedd hyn ddim yn deg. Rhwng Ronnie a'r Rygbi roedd e wedi cael diwrnod i'r brenin, a nawr roedd Anna'n trio'i ddifetha. Agorodd y laptop, gwasgu botwm, a thra'n aros i'r peiriant danio, aeth i gael sbec drwy'r ffenest. Roedd caffi gyferbyn â'r gwesty a hwnnw'n llawn dop. Y ffenestri'n stêm i gyd a phatrwm o grysau cochion yn ffrwtian y tu ôl iddyn nhw, fel cawl tomatos yn berwi mewn sosban. Roedd y palmentydd hefyd yn ferw gwyllt. O'i guddfan y tu ôl i'r llenni, gadawodd i'w lygaid grwydro dros y dorf. Pawb yn llon. Neb yn tynnu'n groes. Neb yn edrych y ffordd arall.

'Welodd dy fam y dyn?' gofynnodd, wrth fynd yn ôl at ei gyfrifiadur.

'Na. Mae Magi'n mynd yn nerfus pan fydd Cymru'n chwarae,'

atebodd Anna. 'Roedd hi'n gwrando o'r gegin, ond ddim yn gwylio. Dwi ddim wedi gadael iddi weld y bwletin newyddion chwaith. Mae gyda hi ddigon ar ei phlât.'

'Oes,' cytunodd Sgwid. Doedd dim dwywaith am hynny. Yn ei ewyllys roedd Dustin Starr wedi trosglwyddo cwmni Stardust Tiles i'r gweithwyr. Magi Trevena oedd wedi cael y dasg anodd o gynllunio'r teils, a dilyn yn ôl traed Dustin ei hun.

'Wyt ti'n chwilio am y llun 'na?' gofynnodd Anna'n swta.

'Ydw… w!' Cliciodd Sgwid ar y newyddion chwaraeon, clicio a chlicio eto. 'Dwi wedi cael gafael ar y clip fideo.'

'Rhewa fe, cof… '

'Dwi YN!'

Roedd capten Cymru newydd sgorio'r cais, y dorf yn codi a… Clec! Gwyliodd Sgwid wyneb streipiog yn crynu, ac yn sadio. Wyneb main, gyda'r paent coch, gwyn a gwyrdd yn ei guddio bob tamaid. Bob tamaid! Pwy bynnag oedd y boi, doedd ei fam ei hun ddim yn debyg o'i nabod. Chwarddodd Sgwid.

'Be?' cyfarthodd Anna.

'Be sy'n bod arnon ni?' meddai Sgwid. 'Ŷn ni'n bananas.'

'Ti'n edrych arno fe?'

'Ydw.'

'A ti ddim yn meddwl mai Dustin yw e?'

'Mae Dustin wedi marw, Anna. Anghofia fe.'

Dim ateb.

'Anna… '

'Dwi'n mynd i ffonio Ditectif Andrews yn Llundain,' meddai Anna'n styfnig. 'Dwedodd e wrthon ni am ei ffonio, os byddai rhywbeth yn ein poeni ni. Fe ddweda i wrtho fe am edrych ar y llun.'

Rholiodd Sgwid ei lygaid a chwythu fel tarw.

'Ocê. Gwna di fel wyt ti'n moyn,' meddai'n sych. 'Nos da.'

3

Er gwaetha popeth, fe gysgodd Sgwid yn sownd drwy'r nos. Ond fore drannoeth, yn syth ar ôl deffro, fe roliodd o'i wely, agor y laptop a chlicio ar yr e-bost. Doedd dim byd oddi wrth Anna. Andrews heb ateb ei neges? Neu wedi ateb a dweud ei bod hi'n boncyrs? Achos mi oedd hi'n boncyrs. Roedd Dustin Starr wedi marw. Ffaith!

Ffaith arall oedd fod Cymru wedi curo Awstralia. Caeodd Sgwid y laptop, tanio'r teledu a gwenu o glust i glust. Yng Nghymru roedd pawb yn dal i ddathlu, pwnio'r awyr a gweiddi: 'Fe ddaeth yr awr!'

'*Fe ddaeth yr awr* yw enw'r arddangosfa Arthuraidd sy'n agor ddydd Sadwrn yma yng Nghaerdydd,' eglurodd y newyddiadurwraig. 'Mae ein tîm rygbi wedi mabwysiadu'r slogan, ac yn amlwg mae wedi dod â lwc iddyn nhw.'

'Sgil oedd hwnna, nid lwc,' meddai Sgwid yn wfftlyd, a diffodd y teledu.

Deg munud yn ddiweddarach roedd Sgwid, ar ôl llwytho'i blât â bwyd, yn anelu ar draws y stafell fwyta at y bwrdd lle'r oedd Gari'n eistedd. Roedd Gari bron â gorffen ei frecwast, ac yn cnoi triongl o dost. Roedd ei wallt coch yn slic a gwlyb, ei fochau'n edrych fel petai rhywun wedi'u polisio, a'i drwyn wedi'i gladdu yn y *Western Mail* oedd yn gorwedd ar y bwrdd o'i flaen. Pwysodd Sgwid dros ei ysgwydd gan ddisgwyl gweld capten tîm Cymru'n gwenu arno o'r papur.

'Y?' meddai wrth weld llun o foi barfog â choron am ei ben. 'Be ti'n ddarllen?'

'Hanes Arthur.'

'Arthur? Ym mha safle oedd e'n chwarae? Bachwr? Blaenwr?'

'Sgwid, Sgwid!' meddai Gari. 'Rhag dy gywilydd di'n gwneud hwyl. Welest ti mo'r newyddion?'

'Be?'

'Hanes yr archaeolegwyr yn cloddio yn Tintagel?'

'O!' Disgynnodd Sgwid i'w sedd. 'Weles i ryw hen fenyw mewn fest ar y teledu neithiwr.'

'Hen fenyw mewn fest!' meddai Gari, gan esgus cael ffit. 'Madeleine Jones oedd honno. Mae hi'n archaeolegydd enwog. Dod o Gasnewydd.'

'So?' Trywanodd Sgwid sosej.

'Mae hi a'i thîm wedi bod wrthi ers deufis yn chwilio am olion y brenin Arthur mewn cae ger Tintagel, ac yn cloddio'n dwt a gofalus. Ond pan godon nhw fore ddoe – da-rang! Roedd y cae i gyd wedi suddo, a'u gwaith wedi'u ddifetha.'

Gwibiodd llygaid Sgwid dros lun o grater enfawr, a'r fenyw-yn-y-fest yn sefyll yn ei ymyl yn edrych o'i cho.

'Mae'n debyg fod rhywun wedi bod yn gwneud twneli o dan y cae,' meddai Gari.

'Yn bwrpasol?' gofynnodd Sgwid yn syn.

'Ie. Mae'r heddlu'n meddwl mai trio chwilio am drysor oedden nhw cyn i'r archaeolegwyr gyrraedd. Ond, yn ôl Madeleine, yr unig drysor fydden nhw'n debyg o ffeindio yw darnau o bren a hen lestri.'

'Gwastraff amser 'te.'

'Ond…' meddai Gari, a'i lygaid yn disgleirio'n llon, 'mae rhai pobl yn honni mai'r Brenin Arthur ei hun sy wedi gwneud y twneli. Roedd e'n cysgu'n sownd mewn ogof o dan y cae, nes i dincian rhawiau'r archaeolegwyr ei ddeffro. Wedyn fe gododd ac allan ag e, a nawr...'

'Nawr mae e ar y ffordd i lawr i'r arddangosfa 'na sy'n mynd i agor yn y Bae,' meddai Sgwid. 'Hei, stynt yw e!'

'Iesgyrn, fentrai neb wneud stynt fel 'na,' meddai Gari. 'Mae Madeleine Jones am waed pwy bynnag ddifethodd ei 'dig' hi. Ta beth.' Nodiodd at blât Sgwid. 'Dig in, Sgwid, cyn i dy fwyd di oeri.'

'Neu cyn i ti wneud twnnel o dan y lliain bord a'i ddwyn e.'

Chwarddodd Gari, a chan ei wylio'n chwerthin rhofiodd Sgwid lwyth o ffa a hash brown i'w geg.

Roedd gan Sgwid ddau arwr, ond nid y Brenin Arthur na Madeleine Jones chwaith. Ronnie O'Sullivan oedd un o'i arwyr, ac, ers pedwar diwrnod, Gari oedd y llall. Oni bai am anlwc, gallai Gari fod yn seren ddisgleiriach na Ronnie hyd yn oed. Ddeng mlynedd yn ôl, pan oedd e'n 17 oed, roedd Gari wedi chwarae ym Mhencampwriaeth Snwcer y Byd, ac er iddo gael ei guro yn yr ail rownd, roedd pawb yn argoeli dyfodol disglair iawn iddo. Wrth deithio adre o'r Bencampwriaeth honno, fe drawodd gyrrwr meddw yn erbyn ei gar. Cafodd Gari niwed i'w fraich, a chwaraeodd e byth ar y lefel uchaf wedi hynny.

Allai Sgwid ei hun ddim dychmygu colli'i sgiliau snwcer. Roedd meddwl am y peth yn ddigon i wneud iddo dagu dros ei hash brown. Roedd e nawr tua'r un oedran â Gari pan ddigwyddodd y ddamwain. Dyna pam oedd e'n teimlo mor lletchwith, pan gwrddodd e â Gari am y tro cyntaf y dydd Sul cynt. Roedd e'n disgwyl i Gari fod yn sur neu'n drist. Ond doedd e ddim! Roedd Gari'n hapus, a chalonnog, a hefyd yn gwmni da dros ben. Roedd gan Gari fflat yng Nghaerdydd, ond pan fyddai'n rhoi gwersi, roedd 'na stafell yn yr Halcyon ar ei gyfer. Felly, yn ei amser sbâr, roedd e wedi cynnig dangos y ddinas i Sgwid.

Cwmni da. Hyfforddwr gwych. Gwenodd Sgwid arno, a chroesi'i fysedd o dan y bwrdd. Ymhen blwyddyn neu ddwy, pan fyddai'n ennill Pencampwriaeth Snwcer y Byd, byddai'n siŵr o ddweud wrth bawb; 'I Gari Humphreys mae'r diolch. Fe ddysgodd fi sut i chwarae go iawn.'

A byddai'n llusgo Gari o flaen y camera.

Roedd Gari wedi gorffen ei baned.

'Cer di 'mlân,' meddai Sgwid.

'Wela di mewn hanner awr 'te.'

'Ocê.'

'Fe adawa i'r *Western*. Dere ag e gyda ti.'

'Diolch.'

Wedi i Gari fynd, llwythodd Sgwid fenyn a marmalêd ar ei dost, pwyso'n ôl ac estyn ei draed o dan y bwrdd. Wedyn fe drodd at dudalen flaen y papur, edmygu llun capten Cymru'n gorwedd yn fuddugoliaethus ar lawr, y bêl oddi tano a llwyth o Awstraliaid yn ei wasgu'n fflat, cyn troi at y tudalennau cefn i ail-fyw manylion y gêm.

Yn clecian a thincian o'i gwmpas roedd llestri a chyllyll a ffyrc y dwsin neu fwy o bobl oedd yn rhannu'r stafell fwyta. Roedd pawb mewn hwyliau da, hyd yn oed y gŵr a'r wraig o Awstralia oedd yn dioddef tipyn o dynnu coes. Roedd ganddyn nhw deulu yng Nghymru, ta beth, medden nhw, ac felly roedden nhw'n gallu hawlio tipyn bach o'r fuddugoliaeth.

Byddai Sgwid wedi mwynhau eistedd yn ôl, mwynhau'r awyrgylch a bwyta rhagor o dost, ond roedd e'n chwaraewr snwcer dan hyfforddiant, yn doedd? Allai e ddim fforddio gwastraffu amser. Snwffiodd yn fodlon wrth feddwl am y pum awr o wersi oedd yn ymestyn o'i flaen, yna codi a rhoi'r papur dan ei gesail.

'Have a good day,' galwodd yr Awstraliad.

'Can't be better than yesterday, can it?' meddai'i wraig.

'Not for some,' cytunodd Sgwid, a chwarddodd yr Awstraliaid.

Igam-ogamodd Sgwid rhwng y byrddau a chamu drwy'r drws i'r cyntedd. Ar ôl gwres y lle bwyta, roedd yr awyr yn oer ar ei foch, a'r awyrgylch yn dawel. Dim ond sibrwd siarad oedd y clwstwr bach o bobl wrth y ddesg. A'u cefnau tuag at Sgwid roedd gŵr tal, main a stwcen fach o fenyw. Gwesteion, siŵr o fod. Yr ochr draw i'r ddesg roedd y ferch â'r gwallt sgleiniog du oedd yn gweithio yn y dderbynfa. Melissa oedd ei henw. Un serchog, fywiog oedd Melissa – un o ffrindiau Gari – ond doedd dim golwg hapus arni nawr. Roedd Tom, rheolwr y gwesty'n sefyll wrth ei hysgwydd, ac roedd y ddau'n edrych yn boenus iawn. Y gwesteion yn cwyno am rywbeth?

Arafodd Sgwid. Roedd y gwesteion yn dechrau'i symud hi, yn cerdded yn dalsyth ac yn bwysig tuag at y grisiau, a Tom yn eu dilyn fel ci bach ofnus.

Wedi iddyn nhw fynd o'r golwg, brysiodd Sgwid draw at Melissa.

'Ti'n iawn?'

Gwibiodd llygaid Melissa i gyfeiriad y stâr. 'Plismyn,' sibrydodd.

'Plismyn?'

'Mae un o'r gwesteion wedi marw.'

'Be?' ebychodd Sgwid.

'O, wnaeth e ddim marw fan hyn,' meddai Melissa. 'Buodd e farw yn y gêm ddoe.'

'Pwy?'

'Dwi ddim yn cael dweud,' meddai Melissa'n frysiog.

'Druan ag e, pwy bynnag oedd e,' crawciodd Sgwid. Ddoe roedd e a Gari wedi cael coffi gydag un o'r gwesteion oedd yn mynd i'r gêm. Paul Masters oedd enw hwnnw. Gobeithio nad Paul oedd wedi marw. Croesodd Sgwid ei fysedd yn dynn.

4

Wnaeth y croesi bysedd ddim gweithio. Deallodd Sgwid hynny cyn gynted ag y cyrhaeddodd e'r stafell snwcer ar lawr isaf y gwesty, a gweld yr olwg chwithig ar wyneb Gari. Gan fod Gari fwy neu lai yn un o staff y gwesty, roedd Tom, y rheolwr, wedi cael gair yn ei glust.

'Ife Paul...?' mentrodd Sgwid.

'Ti wedi clywed?' meddai Gari.

'Dim ond wedi clywed bod rhywun wedi marw.'

'Ie, Paul oedd e,' meddai Gari gydag ochenaid drom. 'Buodd e farw ar ddiwedd y gêm ddoe. Uffern o beth.'

'Uffern o beth,' cytunodd Sgwid yn ddiflas.

Lai na phedair awr ar hugain yn ôl – am un ar ddeg y bore cynt – roedd e a Gari wedi cwrdd â Paul Masters am y tro cynta a'r tro ola. Cael paned yn y lolfa drws nesa oedden nhw, pan ddaeth dyn canol oed i mewn o'r pwll nofio. Dyn main, canolig o ran taldra, wyneb 'run siâp a 'run lliw â chneuen, ond yn grychau i gyd. Crychau hapus. Pan oedd e'n gwenu, roedd ei wyneb yn plygu fel ffan.

Roedd e wedi nôl coffi, ac wedi dod draw i siarad â nhw am y gêm. Sais oedd e, ond yn cefnogi Cymru am y tro. Y tro cyntaf erioed iddo fod mewn gêm rygbi ryngwladol. Roedd e wrth ei fodd.

Wythnos yn ôl roedd amlen wedi disgyn ar ddesg ei labordy yn Llundain. Ynddi roedd tocyn i'r gêm. Y Cynulliad wedi 'i anfon iddo mae'n debyg, meddai, am ei fod e wedi helpu gydag arddangosfa *Fe ddaeth yr awr.*

'Roedd e i fod i gwrdd â rhywun yn y Cynulliad heddi, yn doedd?' meddai Gari, fel petai'n darllen meddwl Sgwid.

'Ac roedd e i fod i fynd i agoriad yr arddangosfa ddydd Sadwrn,' meddai Sgwid. 'Iesgyrn.' Sugnodd ei wynt yn araf drwy'i ddannedd. 'Roedd e mor ecseited ddoe hefyd.'

'Y creadur.'

Am funud hir ddwedodd y ddau 'run gair, dim ond syllu ar y parau o draed yn prysuro heibio'r ffenest fach uwch eu pennau, a gweld dim byd ond wyneb Paul Masters.

'Fel 'na mae hi,' ochneidiodd Gari o'r diwedd. 'Does dim byd i'w wneud ond bwrw 'mlân. Wyt ti'n iawn?'

Nodiodd Sgwid, a gollwng ei gês offer ar y cadeiriau ger y drws. Tynnodd y ciw allan a dechrau'i sialcio'n ffwndrus.

Dal i sialcio oedd e, pan agorodd y drws. Daeth wyneb gofidus Tom y rheolwr i'r golwg.

'Iawn, fechgyn?'

'Ydyn,' meddai Gari.

'Dwi'n mynd i gloi drws y coridor sy'n arwain i'r lle parcio. Felly, os wyt ti'n mynd i dy gar, Gari, bydd raid i ti fynd rownd y ffrynt. Iawn?'

'Iawn. Unrhyw reswm?'

'Blydi protestwyr,' meddai Tom. 'Maen nhw'n dod draw o Fryste.'

'O.' Nodiodd Gari'n ddeallus.

Diflannodd Tom.

'Druan â Tom,' sibrydodd Gari. 'Un peth ar ôl y llall. Paul yn gynta, a nawr protestwyr.'

'Protestwyr?' Ysgydwodd Sgwid dipyn bach o dalc ar ei ddwylo.

'Protestwyr yn erbyn y llong asbestos. Welest ti mo'r hanes yn y *Western Mail*? Mae llong o Ffrainc, sy'n cario tomen o sbwriel asbestos i Fryste, wedi torri i lawr allan yn y Bae.'

'Ac mae'r protestwyr yn dod i aros yn yr Halcyon?' gofynnodd Sgwid yn ddryslyd.

'Na. Gobeithio ddim,' chwarddodd Gari. 'Tom sy'n panicio. Pan oedd cynhadledd dynion banc yma llynedd, fe ddaeth criw o brotestwyr wedi'u gwisgo fel cathod tew i gael *sit-in*, ac i fewian a sgrechian yn y lobi. Byth ers hynny mae Tom yn paranoid. Betia i fod yr heddlu yn paranoid hefyd. Rhwng y rygbi, ac agoriad yr arddangosfa, a'r protestwyr, mae'r dref 'ma ar dân. Licwn i ddim bod yn blismon yng Nghaerdydd wythnos hon.' Gwenodd yn slei ar Sgwid. 'Mae 'na jobs gwaeth na bod yn hyfforddwr snwcer, ti'n gweld.'

'Mae *pob* job yn waeth na bod yn hyfforddwr snwcer,' atebodd Sgwid. Pob job ond un, meddyliodd. A'r job hwnnw oedd bod yn chwaraewr snwcer.

Ond ddwedodd e mo hynny, dim ond pwyso'i giw ar y bwrdd a pharatoi i roi clec i'r bêl.

Wrth i'r peli wasgar dros y bwrdd, fe sgubodd Sgwid bopeth ond snwcer o'i ben. Roedd canolbwyntio'n un o'i sgiliau. Am awr a mwy chlywodd e ddim byd ond clec y bêl a chyfarwyddiadau Gari, a welodd e ddim byd ond peli'n rhedeg ar draws ffelt gwyrdd ac yn gadael llwybrau anweledig o'u hôl. Gartre roedd ganddo grys-T yn dangos y llwybrau enillodd y *maximum* cyflyma erioed i Ronnie O'Sullivan. Fffantastig!

Ar ddiwedd yr awr disgynnodd llaw Gari ar ei ysgwydd. 'Da iawn, Sgwid. Sesiwn dda.'

'Diolch, Gar.' Ystwythodd Sgwid ei gefn a pharatoi i lanio'n ôl yn y byd y tu allan i'r byd snwcer.

Roedd hi'n amser paned.

'Be ti am wneud?' gofynnodd Gari'n dawel, ar ôl edrych ar ei watsh.

'Wel…' Amser paned ddoe roedden nhw wedi cwrdd â Paul Masters.

'Fyse dim ots gen i gael brêc lan stâr am unwaith,' meddai

Gari. 'Dim jyst achos Paul. Mae gen i alwadau ffôn.'

'Iawn,' meddai Sgwid. Doedd e ddim yn teimlo fel mynd yn ôl i'r lolfa chwaith. Wnaen nhw ddim byd ond siarad am Paul druan. Dododd ei giw yn ôl yn ei gês.

'Synchronise watches,' meddai Gari, wedi iddyn nhw gyrraedd y lifft.

'Pum munud ar hugain i un ar ddeg,' meddai Sgwid.

'Pum munud ar hugain i un ar ddeg,' cytunodd Gari. Er mor ffeind oedd e, roedd e'n credu mewn disgyblaeth a chadw amser. 'Wela i di mewn pum munud ar hugain arall,' meddai, pan stopiodd y lifft ar y llawr cynta.

Wrth i Sgwid gamu allan, daeth menyw rownd y gornel. Yr un fenyw oedd yn sefyll wrth ddesg y dderbynfa yn gynharach yn y bore. Yn ei llaw roedd briffces ac arno'r llythrennau P.M. Paul Masters. Plymiodd Sgwid ei law i'w boced i stopio'r ffôn rhag crynu, a safodd yn stond nes i'r fenyw fynd o'r golwg, allan o barch i Paul.

Erbyn hynny roedd y ffôn yn llonydd. Brysiodd i'w stafell ac edrych ar y rhif. Rhif Anna. Gollyngodd ei gês ar y gwely a'i ffonio.

Atebodd Anna ar unwaith a sibrwd, 'Sgwid?'

'Ie?'

'Ble wyt ti?'

'Yn fy stafell wely.'

'Rhywun gyda ti?'

'Na.'

Clec allweddell o ben draw'r lein. 'Dwi wedi cael e-bost gan Andrews, Sgwid.'

'Ie?'

'Mae e yng Nghaerdydd!'

'Yng Nghaerdydd?' Ar ôl eiliad neu ddwy o sioc, daeth Sgwid at ei goed. 'Wrth gwrs ei fod e yng Nghaerdydd,' meddai. 'Mae'r Prif Weinidog yn dod i agor arddangosfa *Fe ddaeth yr awr* ddydd Sadwrn. Andrews sy'n gofalu amdano fe, siŵr o fod. Dyna'i waith e.'

'Mm,' meddai Anna'n amheus.

'Mae Caerdydd yn llawn plismyn, Anna! Mae fel ffair 'ma, rhwng y gêm ddoe, yr arddangosfa, a rhyw brotest yn erbyn llong asbestos.'

Dim gair oddi wrth Anna, dim ond sŵn bach fel petai 'na lygoden ar ben draw'r lein. Roedd hi wedi panicio. Meddwl bod Andrews wedi rhuthro i Gaerdydd am fod Dustin Starr yn fyw ac yn iach ac yn gwylio gêm rygbi.

Ond doedd e ddim.

'Be ddwedodd Andrews am y clip o'r dyn streipiog?'

'Dim. Yr unig beth ddwedodd e oedd y bydde fe'n galw i dy weld di.'

'Briliynt,' meddai Sgwid yn sych.

'Sgwid?'

'Ieeeeee?' meddai Sgwid.

'Alli di edrych ar y clip o'r gêm eto? Gwranda!' Cododd ei llais i foddi Sgwid oedd yn trio protestio. 'Rwyt ti'n chwaraewr snwcer.'

'Trio bod!'

'Wel, ti'n deall onglau a phethau fel'ny. Meddwl o'n i... pe byddet ti'n edrych ar y clip, falle gallet ti weithio allan ble oedd y dyn streipiog yn edrych.'

'Wyt ti'n gall?'

'Ydw! Roedd e'n edrych ar rywbeth mwy diddorol na'r gêm rygbi. Falle gallet ti weithio allan beth yn union.'

'Roedd dros 70,000 o bobl yn Stadiwm y Mileniwm, Anna!'

'Oedd...'

'A roedd fy llygaid i ar y gêm.'

'Oedden, ond fe allet ti drio ffeindio allan oedd rhywbeth arbennig wedi digwydd yn y Stadiwm. Rhywbeth heblaw rygbi, dwi'n feddwl.'

Chwythodd Sgwid drwy'i drwyn fel tarw.

'Sgwid!'

'Ocê!'

'Diolch.' Cliciodd ffôn Anna cyn iddo newid ei feddwl.

Gydag anferth o ochenaid, anelodd Sgwid *karate* chop i gyfeiriad y ffôn, wedyn tanio'i laptop, a mynd i nôl llwnc o bop o'r oergell. Andrews, meddyliodd. Andrews yn dod i'w weld. Doedd e ddim wedi gweld Andrews ers y llynedd, ac roedd llynedd erbyn hyn yn rhyw fath o hunlle rhyfedd. Roedd Andrews yn gweithio i SO15, a'i waith oedd gwarchod y wlad rhag terfysgwyr. Job gwaeth na bod yn hyfforddwr snwcer, fel byddai Gari'n dweud.

Ochneidiodd Sgwid eto, mynd yn ôl at y laptop a chlician nes cael gafael ar y clip o'r cais oedd wedi ennill y gêm i Gymru. Cais briliynt.

Oni bai am y dyn streipiog, fe allai fod wedi mwynhau 'i wylio filoedd o weithiau.

Dyn stiwpid! Cliciodd ar y llygoden a'i rewi. Roedd trwyn main y dyn yn pwyntio tuag at linell gôl Cymru. Ei ben ychydig ar dro. Ongl pen Ronnie pan botiodd e'r du i gyrraedd y *maximum* yn y Bencampwriaeth yn Sheffield? Rhywbeth fel 'na. Snwffiodd Sgwid. Roedd Streipi'n eistedd yn y drydedd res, ac ar y tipyn bach o ffens oedd yn y golwg ar waelod y llun, roedd pigyn du a hanner cylch bach du. Tynnodd Sgwid eu lluniau ar ddarn o bapur sgrifennu'r gwesty.

Erbyn stwffio'r darn papur i'w boced, roedd hwyl Sgwid wedi gwella.

Er nad oedd e'n credu am funud mai Dustin oedd y dyn, byddai'n ddiddorol gwybod ar beth oedd e'n edrych.

Beth allai fod wedi tynnu ei sylw oddi ar gais briliynt Cymru?

Yr unig beth fyddai wedi tynnu fy sylw i, meddyliodd Sgwid, fyddai Ronnie O'Sullivan. Ond doedd Ronnie O'Sullivan ddim wedi cael tocyn i'r gêm. Falle bod Katherine Jenkins yn y dorf, meddyliodd Sgwid eto, a Streipi wedi'i ffansïo.

5

''Swn i ddim yn meindio mynd yn ôl am dro bach i Stadiwm y Mileniwm ar ôl cinio,' meddai Sgwid, pan oedd e a Gari'n pacio'u hoffer ar ôl ail sesiwn y bore. Er bod Gari'n strict, roedd e'n hyblyg, ac yn fodlon newid amserau'r sesiynau snwcer i'w siwtio.

'Ddoe fuest ti 'na, 'chan,' meddai Gari. 'Pam ti'n moyn mynd 'na 'to?'

'Anna,' meddai Sgwid.

'Anna?' Cododd Gari un ael.

'Ffrind sy'n byw drws nesa i fi ym Mhencelyn,' meddai Sgwid.

'O?'

'Mae hi dair blynedd yn hŷn na fi,' meddai Sgwid.

'Waw! Toy-boy.'

'Na. Oes gen ti chwaer hŷn?' ochneidiodd Sgwid.

'Na.'

'Ti'n lwcus,' meddai Sgwid. 'Mae gen i ddwy. Os gyfri di Anna, tair. Maen nhw i gyd yn bosì, yn ddiamynedd, ac yn gwbod popeth.'

Chwarddodd Gari. 'Ti'n mynd i gwrdd ag Anna yn y Stadiwm, neu be?'

'Na!' wfftiodd Sgwid. 'Mae hi eisiau llun. Llun o faes y gad lle enillodd Cymru ei buddugoliaeth fawr, bla bla. 'Swn i'n hoffi cael llun i fi'n hunan, ta beth, os gallwn ni fynd i mewn i'r Stadiwm.'

'Ti'n gorfod bwcio i fynd am daith rownd y lle,' meddai Gari. 'Ond os mai dim ond eisiau llun wyt ti, mae...'

'Paid dweud!' meddai Sgwid. 'Mae gen ti ffrind.'

'Oes.' Winciodd Gari â thapio'i drwyn â blaen ei fys.

Roedd gan Gari ffrindiau ym mhobman. Cymro Cymraeg o'r enw Darren Moretti oedd y ffrind hwn. Ffoniodd Gari e, ac wedyn fe aeth e a Sgwid i gael pitsa yn y caffi gyferbyn, cyn bwrw draw i'r Stadiwm.

Roedd hi'n ddiwrnod braf – arbennig o braf – yr haul yn tywynnu, Caerdydd yn disgleirio, a theimlad hapus, bodlon yn llifo drwy'r ddinas ar ôl y gêm fawr.

'Grêt, ontefe?' meddai Gari'n eiddgar. Wrth gerdded tuag at y castell, fe chwaraeon nhw gêm *o Spot the Stadium*. Am y cynta i weld sgerbwd gwyn y stadiwm yn codi i'r awyr uwch eu pennau. Sgwid enillodd. *Fix* oedd hynny, wrth gwrs. Roedd Gari'n nabod Caerdydd yn llawer gwell nag e.

Y tu allan i'r stadiwm ffoniodd Gari ei ffrind eto.

'Darren?'

'Gari? Ble wyt ti?'

'Tu allan.'

'Be? Towtio ticedi?'

'Oes gen ti rai i fi 'te?'

Chwerthin. Syllodd Sgwid i'r awyr las. Gadawodd i'w lygaid lithro ar hyd waliau'r Stadiwm. Ddoe, i mewn fan'na, roedd e wedi cael un o brofiadau gorau'i fywyd, a ddoe roedd dyn wedi marw. Rhyfedd!

''Co fe!' meddai Gari, gan brocio braich Sgwid ac amneidio at ddyn ifanc bochgoch oedd yn loncian tuag atyn nhw â ffôn wrth ei glust. Diffoddodd y ddau ffrind eu ffonau ar yr un pryd.

'Hei, shw mae?' gwaeddodd Darren ar Gari. A 'Shw mae?' meddai wrth Sgwid.

'Sgwid yw hwn,' meddai Gari. 'Wel, Gwydion i ti.'

'Na, mae Sgwid yn iawn,' meddai Sgwid gan chwerthin.

'Sgwid?! Mae rhywbeth *fishy* fan hyn,' meddai Darren.

'Mae'r pysgodyn eisiau tynnu llun i'w gariad,' eglurodd Gari.

'Nadw ddim,' protestiodd Sgwid.

'Fe gei di lun ohona i â phleser,' meddai Darren gan wenu'n annwyl.

Cyn i'r wên ddiflannu oddi ar ei wyneb, roedd Sgwid wedi tynnu llun.

'Mae hwnna'n siwr o ddychryn Anna,' meddai Gari. 'Ti'n ddigon saff, Sgwid.'

'Reit 'te, bois,' meddai Darren. 'Yn anffodus, mae gen i bwyllgor mewn chwarter awr, felly bant â'r cart. Ocê?' Brysiodd tuag at y fynedfa. 'O'ch chi ddim eisiau gweld y stafelloedd newid na dim byd fel 'na, oeddech chi?'

'Na,' meddai Gari. 'Jyst mynd lawr y twnnel.'

'Dim prob,' meddai Darren, gan agor drws a'u sgubo drwyddo.

Ryw ddydd fe ddo i'n ôl a chael trip go iawn rownd y stadiwm, meddyliodd Sgwid. Ond am nawr roedd hi'n braf dilyn wrth sodlau Darren, gweld y sgwâr o awyr agored yn lledu o'i flaen, a chae gwyrdd y Stadiwm yn dod i'r golwg.

'Dychmygwch loncian allan o fan hyn,' meddai Darren, 'gweld 72,500 o wynebau'n edrych arnoch chi, a chlywed 72,500 o leisiau'n gweiddi. Dewch.'

Lonciodd Darren.

Lonciodd Gari a Sgwid.

'RAAAAA!' bloeddiodd Darren, wrth i'r tri gyrraedd ymyl y maes.

RAAAAA! Yn ei ddychymyg gwelodd Sgwid filoedd o gegau llydan agored. Clywodd filoedd o leisiau'n bloeddio. Gwelodd y cae mawr gwyrdd yn troi'n fwrdd bychan wedi 'i orchuddio â ffelt. Clywodd leisiau'n bloeddio eto, ac yna llais Gari.

'Fan'na o'n ni ddoe,' meddai Gari. 'Fan'na, reit o flaen lle sgoriwyd y cais. Wyt ti eisiau llun o fan'na, Sgwid? Sgwid!'

'Be?' Edrychodd Sgwid arno'n syn.

'Draw fan'na o'n ni'n eistedd. Wyt ti eisiau tynnu llun?'

'O, ydw.' Chwyddodd y cae rygbi yn ôl i'w lawn faint a sythodd Sgwid ei ysgwyddau. Oedd, roedd e eisiau tynnu llun. Ond nid y llun roedd Gari'n sôn amdano chwaith. Gadawodd i'w lygaid sglefrio ar hyd y ffens oedd yn amgylchynu'r maes, nes glanio ar hysbyseb cwmni insiwrans. Ar yr hysbyseb roedd llun ymbarél. Ar dop yr ymbarél roedd pigyn du, ac yn ei boced roedd llun oedd yn matsio hwnnw'n berffaith.

'Oes ots os cerdda i draw fan'na i dynnu'r llun?' gofynnodd i Darren.

'Na, cer di.'

Roedd y cae'n edrych fel maes y gad go iawn gyda chreithiau'r frwydr i'w gweld y mhob man. Crwydrai dau ddyn ar ei draws a'u pennau i lawr yn syllu ar y borfa. Chymeron nhw ddim sylw o Sgwid yn cerdded ar hyd yr ymyl, na'i weld yn lleoli'i hun yn ofalus o flaen y pigyn ambarel.

Pwysodd Sgwid yn ôl yn erbyn y ffens, anelu'i gamera at y man lle roedd e a Gari wedi eistedd, a thynnu llun. Wedyn, yn hamddenol, trodd fel y dyn streipiog, codi'r camera a chlician y stand wag gyferbyn â cheg y twnnel. Tynnodd luniau eraill o'r Stadiwm rhag ofn i Gari ofyn am gael eu gweld, cyn dynwared osgo'r dyn streipiog unwaith eto.

Dychmygodd yr olygfa yn y Stadiwm y diwrnod cynt. Y standiau'n orlawn. Y dorf yn wallgo. Breichiau'n chwifio yn yr awyr. Beth fyddai'r dyn streipiog wedi 'i weld ar draws y cae? Dim byd ond dryswch o wynebau. Hyd yn oed os oedd Katherine Jenkins yn y dorf, allai e ddim fod wedi 'i gweld hi, allai e?

Na. Ond fe allai ofyn i Darren a oedd rhywun o bwys yno, rhag ofn.

Rhoi'i gamera'n ôl yn ei gês oedd e, pan sylwodd ar Darren a Gari'n syllu'n ddwys ar draws y cae. Wrth frysio'n ôl tuag atyn nhw, clywodd Darren yn dweud, 'Druan.'

'Druan be?' meddai Sgwid.

'Druan â'ch Paul Masters chi,' ochneidiodd Darren. 'Cael harten fel 'na reit ar ddiwedd y gêm, pan oedd Cymru'n sgorio a phawb yn rhy ecseited i sylwi. Draw fan'na oedd e'n eistedd. Draw fan'na.' Cododd ei law a phwyntio.

Trodd Sgwid a syllu'n anghrediniol. Roedd Gari'n pwyntio at yr union'fan roedd e newydd ei weld drwy lens y camera.

6

Cyd-ddigwyddiad!

Allai'r dyn streipiog ddim fod wedi gweld Paul Masters yn syrthio'n farw. Allai Darren ddim gwybod yn union, union, ble oedd Paul Masters yn sefyll chwaith. Cyd-ddigwyddiad oedd e.

'Cyd-ddigwyddiad!'

'Be?' Roedd Gari a Sgwid yn cerdded yn ôl ar hyd Stryd y Castell. Edrychodd Gari'n gwestiyngar ar ei ffrind. 'Be ddwedest ti?'

'Dim,' meddai Sgwid yn frysiog.

Siarad â'i hun oedd e.

Dweud wrtho'i hun am beidio â bod yn ddwl. Am beidio â bod fel Anna.

Roedd cyd-ddigwyddiadau'n bethau digon cyffredin. Roedd Sgwid wedi darllen llyfr o'r enw *By Chance*. Yn y llyfr roedd pennod gyfan yn llawn o ddigwyddiadau od. Er enghraifft hanes y dyn ym Mexico ddaliodd fachgen bach oedd wedi cwympo o ffenest bloc o fflatiau. Y flwyddyn ganlynol, yn yr union fan, fe ddaliodd blentyn bach arall.

Ac allai e ddim profi bod y dyn streipiog yn edrych i gyfeiriad Paul Masters ar yr union adeg pan fuodd hwnnw farw, beth bynnag. Falle mai fe oedd yn rhoi 2 a 2 at ei gilydd ac yn gwneud 5.

'Ie.'

'Be?' meddai Gari eto.

'Dim,' meddai Sgwid eto, gan godi'i ên a swingio'i gamera. Doedd e ddim yn mynd i ddweud wrth Anna am Paul Masters. Fyddai hi ddim ond yn panicio'n waeth fyth, a hynny heb unrhyw reswm. Prociodd fraich Gari a dangos y ddau 'ysbryd' oedd yn gorwedd un bob pen i fainc yng nghanol Stryd y Frenhines ac yn cysgu'n sownd. Roedden nhw'n gwisgo cynfasau gwely, a'u hwynebau'n drwch o baent gwyn. Yn pwyso yn erbyn y fainc roedd poster â'r geiriau **NO TO ASBESTOS**. 'Mae eisiau tipyn bach o liw haul ar y rheina,' sibrydodd.

'Wel, maen nhw'n torheulo as-best-os they can,' meddai Gari.

Daeth snwff bach o chwerthin oddi wrth Sgwid. Edrychodd Gari ar ei watsh.

'Hanner awr yn iawn, Sgwid?' gofynnodd wrth droi i mewn i'r gwesty.

'Ydy,' meddai Sgwid.

Yn lle cymryd y lifft fel Gari rhedodd Sgwid yn heini lan y grisiau. Ar y llawr cynta doedd dim sŵn o gwbl ond clecian llestri yn y lle bwyta islaw. Brysiodd at ddrws ei stafell, a'i agor.

Rhewodd.

Roedd llenni ei stafell ynghau, a'r stafell mewn tywyllwch. Gwibiodd ei lygaid tuag at ddrych y bwrdd gwisgo, a gweld cysgod du.

Gydag ochenaid fach camodd Sgwid i mewn i'r stafell, cau'r drws a chynnau'r golau. Daeth dyn i'r golwg o'r gilfach rhwng y gwely a wal y stafell ymolchi. Dyn main, tal, gwydn. Croen fel lledr wedi cracio. Llygaid glas, caled.

Andrews. Doedd Sgwid ddim wedi gweld Andrews ers blwyddyn. Tan neithiwr doedd e erioed wedi disgwyl gweld Andrews byth eto.

'Sori am daro i mewn fel hyn.'

'Iawn,' meddai Sgwid yn gelwyddog.

'Ond fe gest ti neges gan Anna, yn do?'

'Do.'

'O'n i ddim am roi sioc i ti, ond o'n i ddim eisiau loetran o gwmpas y lobi chwaith.'

'Na.' Dododd Sgwid ei gamera ar y bwrdd gwisgo.

'Wedi bod yn tynnu lluniau?'

'Ydw.' Gwyliodd Sgwid adlewyrchiad y dyn. Roedd e wedi bwriadu ychwanegu 'Yn Stadiwm y Mileniwm', ond gwastraff anadl fyddai hynny. Roedd Andrews yn gwybod, mae'n siŵr. Roedd Andrews wastad yn gwybod. Trodd i'w wynebu. 'Anna oedd eisiau i fi fynd 'na. Mae hi wedi dweud wrthoch chi am y dyn streipiog?'

Nodiodd Andrews.

'Mae hi'n meddwl ei fod e'n edrych fel Dustin,' meddai Sgwid.

'Ond mae Dustin Starr wedi marw.'

'Ydy.'

'Wyt ti'n credu hynny?'

'Ydw,' meddai Sgwid.

Craffodd Andrews arno'n fanwl. 'Ti'n iawn,' meddai, pan welodd fod Sgwid yn dweud y gwir. 'Does dim rhaid i ti boeni. Mae Dustin Starr wedi marw, heb unrhyw amheuaeth. Nid yn unig mae dy dad a dy fam a dau dyst arall wedi adnabod y corff, ond mae tystiolaeth DNA wedi profi heb os nac oni bai mai corff Starr oedd e.'

'Dwedes i hynny wrth Anna,' meddai Sgwid.

'Fe gawson ni sawl person i astudio'r corff ddarganfuwyd ger Port Isaac,' pwysleisiodd Andrews. 'Sawl arbenigwr hollol, hollol ddibynadwy. Roedd Dustin Starr yn berson clyfar a thu hwnt o gyfoethog, fel rwyt ti'n gwybod. Felly roedden ni am fod gant y cant yn siwr nad oedd e rywsut wedi'n twyllo ni. Ac mi rydyn ni gant y cant yn siŵr, Gwydion.'

'Dwi'n gwbod,' meddai Sgwid yn ddiamynedd. 'Anna yw'r person sy'n pallu credu.'

'Mae hi'n meddwl ein bod ni'n ei thwyllo hi?'

'Na, mae hi'n meddwl bod Dustin Starr wedi'ch twyllo chi.'

'Ond allai e ddim, fel dwedes i.'

'Dwi'n gwbod.' Cododd Sgwid ei ysgwyddau.

'Mae Anna'n dioddef adwaith, o achos y digwyddiadau yn Llundain.'

'Wel, mae hi'n iawn y rhan fwya o'r amser,' meddai Sgwid, gan deimlo rheidrwydd i amddiffyn Anna. 'Mae hi wastad wedi synnu bod Dustin wedi disgyn oddi ar glogwyn mor handi, ond dyw hi ddim erioed wedi meddwl ei bod hi wedi'i weld e o'r blaen.'

'Na?'

'Na, dyw hi ddim! Dyw hi ddim wedi panicio o'r blaen.'

'Mae'n dda hynny,' meddai Andrews. 'Mae'n anffodus iawn ein bod ni wedi gorfod cadw popeth yn dawel. Dylech chi'ch dau fod wedi cael cyfle i drafod yr helynt yn Llundain gyda'ch ffrindiau ac ati. Wedyn fe fyddech chi wedi cael yr holl beth allan o'ch system.'

'Dwi'n iawn,' snwffiodd Sgwid.

'Ardderchog.'

Roedd Andrews yn dal ar ei draed a'i gysgod fel cysgod barcud mawr. Roedd Sgwid yn teimlo fel rhoi hwb iddo gyda'i ysgwydd a'i daflu i gadair. Gyda'r llenni ynghau roedd y stafell yn uffernol o boeth hefyd. Teimlodd Sgwid ddafn o chwys yn rhedeg i lawr o dan ei grys.

'Ond fe gytunest ti i 'astudio'r ongl', fel mae Anna'n dweud,' meddai Andrews gan ei wylio.

'Do.' Damio Anna am siarad. Gwasgodd Sgwid ei wefusau'n dynn.

'A dyna pam est ti i Stadiwm y Mileniwm?'

'Ie.' I osgoi llygaid Andrews, byseddodd Sgwid y *Western Mail* oedd yn gorwedd ar y ddesg. 'O'n i'n dechrau cael blas. Roedd e fel gêm fach. Es i i dynnu llun i gadw Anna'n dawel.'

'Ac fe ffeindiest ti rywbeth?'

Mentrodd Sgwid edrych i wyneb y plismon. 'Pam ych chi'n meddwl y ffeindiwn i rywbeth, os yw Dustin wedi marw?' gofynnodd.

'Dwi'n meddwl dy fod ti wedi ffeindio rhywbeth, am dy fod ti'n bihafio fel petait ti wedi ffeindio rhywbeth,' meddai Andrews gyda gwên fach gynnil. 'Beth yw e?'

'Dim,' meddai Sgwid. 'Cyd-ddigwyddiad.'

'Licet ti ddweud wrtha i?'

Na. Blasodd Sgwid y gair ar flaen ei dafod. Ond doedd dim iws dweud na. Fyddai hynny ddim ond yn gwneud pethau'n waeth. Yn gyflym ac anfodlon dwedodd hanes Paul Masters. 'Ta beth,' meddai wrth orffen. 'Dwi ddim yn siŵr ble yn union oedd Paul yn eistedd. A hyd yn oed wedyn, fyddai neb yn debyg o sylwi ar rywun yn cael harten yng nghanol y dorf. Blincin hec, doedd y bobl bob ochr i Paul ddim wedi sylwi ar unwaith.' Edrychodd ar Andrews.

Syllodd Andrews yn ôl, ond heb ei weld.

'Dwedodd Darren wrthon ni,' meddai Sgwid. 'Doedd y bobl bob ochr i Paul ddim wedi sylwi.'

'Y Paul Masters 'ma?' meddai Andrews ar ei draws.

'Ie?'

'Ti'n dweud ei fod yn helpu gyda'r arddangosfa i lawr yn y Bae?'

'Wel...' Oedodd Sgwid. '...dwedodd e 'i fod e'n mynd i gwrdd â rhywun lawr 'na heddi.' Craffodd ar y ditectif ac ochneidio eto. Yn amlwg roedd ymennydd-compiwtar Andrews yn gwneud cysylltiadau ar ras: Dyn streipiog – Paul Masters – Arddangosfa – Prif Weinidog – Perygl. Cyfrifoldeb Andrews oedd gofalu am ddiogelwch Lance Morden, Prif Weinidog y Deyrnas Unedig, y dyn oedd yn mynd i agor yr arddangosfa ddydd Sadwrn. 'Dwedoch chi fod Dustin wedi marw!' protestiodd.

'Mae Dustin Starr wedi marw,' meddai Andrews yn bendant. 'Ond mae 'na derfysgwyr eraill. Allet ti ffeindio'r clip i fi?'

Nodiodd Sgwid, ac agor y laptop gan regi Anna dan ei wynt. Tra'n disgwyl i'r peiriant danio, aeth i mewn i'r stafell ymolchi, a thaflu llond llaw o ddŵr oer dros ei wyneb. Sychodd ei wyneb a sychu'r chwys o dan ei geseiliau. Iych! Roedd e'n drewi.

Yn y stafell wely roedd y laptop wedi diflannu y tu ôl i gorff tal Andrews. Rholiodd Sgwid dros y gwely a mynd i sefyll yr ochr draw iddo. Gwyliodd y clip eto fyth. Yr wyneb main fel ceiliog y gwynt.

Syllodd y ditectif arno am hir, cyn dileu'r clip a Gwglan enw

Paul Masters.

Daeth rhes o gyfeiriadau lan y sgrin. Cliciodd Andrews ar y cyntaf, cyfeiriad labordy yn Llundain.

'Hwnna yw e?' gofynnodd, a nodio ar lun o ddyn mewn cot wen.

'Ie,' meddai Sgwid yn dawel. Paul Masters yn gwenu fel y gwenodd e ddoe, ei wyneb yn grychau bach fel tonnau ar ddŵr.

'Paul Masters, research scientist and expert in DNA techniques,' darllenodd Andrews.

'Roedd e'n foi cyfeillgar. Yr un tro y bues i'n siarad ag e,' meddai Sgwid.

'A doedd e ddim yn swnio'n sâl?'

'Na.' Gwyliodd Sgwid adlewyrchiad y ditectif.

'Dim ond gofyn,' meddai Andrews. 'All neb ddweud gyda'r galon. Mae pethau'n gallu digwydd yn sydyn.' Trodd y laptop i ffwrdd, a chanolbwyntio ar Sgwid. 'Wel? Beth yw dy gynlluniau di tan ddiwedd yr wythnos, Gwydion?'

'Chwarae snwcer.'

'Yma?'

'Ie.'

'Da iawn.' Craciodd wyneb Andrews. 'Gobeithio y cei di hwyl arni.'

'Chi ddim yn meddwl...?' meddai Sgwid yn betrus.

'Be?'

'Fod rhywbeth rhyfedd wedi digwydd i Paul?'

'Does dim byd yn fwy rhyfedd na marwolaeth, Gwydion,' meddai Andrews a'i wyneb ei hun mor ddifynegiant ag wyneb corff. 'Ond os wyt ti'n gofyn a ydw i'n meddwl bod rhywun wedi 'i ladd e, does dim rheswm dros gredu hynny ar y foment. Dim rheswm o gwbl. Ond fy musnes i yw ystyried popeth, a chredu dim byd nes bydd prawf. Ac mae gen i brawf fod Dustin Starr wedi marw, cofia.'

Oedodd Sgwid, a chraffu ar yr wyneb llonydd. 'Doedd Paul Masters ddim yn un o'r arbenigwyr wnaeth ymchwilio i farwolaeth Dustin, oedd e?'

'Na,' meddai Andrews yn bendant.

'Ocê.' Ymlaciodd Sgwid.

'Mwynha dy snwcer.' Trodd Andrews ar ei sawdl. 'Ble oedd stafell Paul Masters gyda llaw?'

'Ar y llawr yma'n rhywle,' atebodd Sgwid. 'Rhywle yr ochr draw i'r lifft, ond dwi ddim yn siŵr yn union ble.'

'Iawn.' Cododd Andrews ei law. Gwrandawodd wrth y drws, ei agor a mynd allan yn dawel.

Arhosodd Sgwid hanner munud cyn agor y llenni, a hanner munud arall cyn cilagor y ffenest. Oedd e'n dychmygu, neu oedd arogl chwys wedi llenwi'r stafell gyfan?

7

Newid ei grys-T oedd Sgwid, pan ganodd y ffôn. Anna, meddyliodd. Be oedd e'n mynd i ddweud wrthi? Tynnodd y ffôn o'i boced, ond fe neidiodd o'i law, disgyn ar y llawr a llithro o dan y gwely. Erbyn i Sgwid ailafael ynddo, roedd e wedi stopio canu.

Nid rhif Anna, ond rhif Gari.

Iesgyrn!

Edrychodd Sgwid ar ei watsh. Roedd e dros bum munud yn hwyr ar gyfer ei sesiwn snwcer. Triodd ffonio Gari, a chael dim byd ond sŵn bipian. Gafaelodd yn ei gês, a'i heglu hi drwy'r drws. Wrth fynd am y lifft, sylwodd e ddim ar Andrews yn sefyll mewn cilfach ym mhen draw'r coridor. Roedd Andrews yn ffonio'r Halcyon, yn holi ym mha stafell yn union roedd ei ddiweddar frawd, Paul Masters, wedi treulio'i oriau olaf. Yn y lobi islaw clywodd sodlau uchel Melissa yn tip-tapian i'r swyddfa y tu ôl iddi, a'i llais yn sibrwd wrth Tom. Daeth yn ôl ymhen ychydig eiliadau a dweud, 'Stafell 119, ond mae'r heddlu eisoes wedi mynd â'i fagiau oddi yno ar gais Mrs Masters. Mae'n wir ddrwg gyda ni am eich colled, Mr Masters. Mae'r rheolwr wedi sgrifennu i gydymdeimlo â'r teulu.'

'Diolch.' Diffoddodd Andrews y ffôn a brysio ar ei union i stafell 119, lle agorodd y drws yn ddidrafferth. Roedd y stafell wedi 'i glanhau, dillad glân ar y gwely. Cliciodd ei fysedd yn ddiamynedd wrth ffonio Heddlu Caerdydd i holi ynghylch marwolaeth Paul Masters a gofyn am bost-mortem brys.

Ei drydedd galwad ffôn oedd i'w ddynion ei hun yn eu HQ dros dro mewn hen warws yn un o faestrefi Caerdydd. 'Dwi am archwilio stafell,' dwedodd. 'Stafell 119 yng ngwesty'r Halcyon. Ond dwi eisiau *low profile*. Gofynnwch am gael bwcio stafell ar y llawr cynta, yn edrych dros…' Cipedrychodd drwy'r ffenest. '…yn edrych dros y cwrt mewnol. Dwi hefyd am gadw'r bachgen sy yn stafell 108 dan wyliadwriaeth. Gwydion Beynon yw'r enw.'

Wedi rhoi'r ffôn yn ôl yn ei boced, gwrandawodd Andrews wrth y drws cyn mynd allan. O fewn dwy funud roedd e'n brysio i fyny'r hewl i nôl ei gar, a chysgodion ei goesau'n cris-croesi ffenestri stafell snwcer y gwesty.

Sylwodd Sgwid ddim. Roedd e'n rhy brysur yn trio rheoli'i freichiau'i hun oedd yn mynnu sboncio fel breichiau pyped ac yn gwasgar y peli snwcer i bob cyfeiriad ond y cyfeiriad iawn.

Pan gyrhaeddodd e'r stafell snwcer doedd Gari ddim yno. Roedd Gari, ar ôl methu â chael ateb ar y ffôn, wedi sbecian i mewn i'r lolfa rhag ofn bod Sgwid wedi mynd i brynu bar o siocled, ac wedi brysio lan y grisiau i gnocio'n galed ar ddrws Sgwid. Yn y cyfamser roedd Sgwid ar ei ffordd i lawr yn y lifft.

Cafodd e afael ar Gari ar y ffôn yn y diwedd. 'Ble wyt ti?' snwffiodd Gari oedd erbyn hyn yn y lobi yn gofyn i Melissa a oedd hi wedi gweld chwaraewr snwcer dan hyfforddiant yn dianc allan drwy'r drws ffrynt.

'Yn y stafell snwcer. Sori!'

'Est ti i gysgu?' oedd cwestiwn cyntaf Gari, pan gyrhaeddodd e lawr stâr.

'Do,' meddai Sgwid. Haws dweud celwydd.

'Ti wedi blino?' Craffodd Gari arno.

'Na, roedd hi jyst yn boeth.'

'Dere 'te,' meddai Gari'n garedig, a chyffwrdd ag ysgwydd Sgwid. 'Ti'n chwys drabŵd, myn. Cofia roi digon o dalc ar dy ddwylo.'

Fyddai llond tryc o dalc ddim wedi gwneud lles i Sgwid. Roedd ei sgiliau canolbwyntio wedi chwalu, ac roedd e'n chwarae'n uffernol. Mwya i gyd oedd e'n dweud wrtho'i hun am gallio, a dweud 'Paid â gadael i ysbryd Dustin Starr ddifetha dy gêm di. Dyw hi ddim yn deg!', gwaetha i gyd oedd e'n chwarae.

'Sgwid,' meddai Gari wedi iddo botio'r bêl wen am y trydydd tro mewn chwarter awr. 'Ti'n *shattered*, yn dwyt?'

'Na!'

'Wel, ti'n chwarae fel petait ti'n *shattered*.'

'Bydda i'n well nawr.'

'Fyddi di?'

Cododd Sgwid ei ysgwyddau, ac yna gadael iddyn nhw suddo.

'Gallen ni gael sesiwn fach arall yn nes ymlaen, neu gael sesiwn ecstra fory. Be ti'n feddwl?'

Trodd gwefusau Sgwid tuag i lawr.

'Paid â phoeni. Ti'n dioddef adwaith.'

'Na dw ddim!' protestiodd Sgwid. Roedd e wedi cael llond bol o glywed am adwaith. *Hassled* oedd e, ond dyna i gyd. Byddai unrhyw un yn *hassled* ar ôl ffeindio sbŵc yn ei stafell, ond allai e ddim dweud hynny wrth Gari. Andrews y sbŵc. Fyddai Gari ddim yn deall.

'Dere. Dim iws gwthio dy hun. Rhwng popeth fe gest ti mega-diwrnod ddoe. Rhwng Ronnie a'r Rygbi. Ac wedyn Paul.'

'Paul?'

'Wel, roedd e'n hen beth diflas, yn doedd?'

Oedd. Dim dwywaith am hynny.

'Fe fyddi di'n iawn mewn sbel fach.'

Nodiodd Sgwid. Roedd e'n dal heb symud o'r bwrdd snwcer.

'Awn ni am dro i lawr i'r Bae,' meddai Gari. 'Fe alwa i i mewn yn y fflat. Fe gawn ni swper bach yn rhywle. Wedyn os wyt ti'n teimlo fel snwcer, popeth yn iawn. Ond paid â gwthio dy hun. 'Sdim eisiau panicio pan fydd rhywbeth yn mynd o chwith.'

'Dwi ddim.' Ochneidiodd Sgwid. 'Ocê, dwi yn,' cytunodd.

Gwenodd Gari. 'Wir i ti, mae gen ti lot fawr o botensial. Ond yn fwy na hynny, rwyt ti'n mwynhau. Dyna beth sy'n bwysig. A dwyt ti ddim eisiau lladd y mwynhad.'

'Na.' Gwenodd Sgwid yn ôl. Doedd e ddim eisiau lladd y mwynhad. Nid fe oedd yn lladd y mwynhad beth bynnag. Andrews, Anna, Dustin – rheiny oedd y bwganod. Dim ond iddo gael gwared â'r rheiny o'i ben byddai popeth yn iawn.

Awr a hanner yn ddiweddarach roedd Sgwid, ar ôl cael cawod a sesiwn ar Facebook, ar y ffordd i'r Bae yn Ferrari Gari a'r to i lawr. Iawndal am y ddamwain ddifethodd yrfa Gari oedd wedi talu am y fflat yn y Bae a'r Ferrari *convertible*. Trist! Ond doedd Gari ddim yn drist, a doedd Sgwid ddim yn drist chwaith. Cyn dod allan, roedd e wedi cael galwad gan Anna. Roedd hi wedi clywed wrth Andrews yn barod, ac roedd Andrews wedi pwysleisio bod Dustin wedi marw.

'Mae e'n hollol, hollol siŵr mai corff Dustin oedd e,' meddai Anna'n falch.

'Ydy,' meddai Sgwid, a theimlo'n falchach fyth.

Roedd Andrews wedi argyhoeddi Anna. Creisis drosodd! Dyna un o'r rhesymau pam oedd Sgwid yn wên o glust i glust wrth i'r car sgubo i olwg y môr. Y rheswm arall oedd fod pawb - y twristiaid, y plismyn, a'r gweithwyr, heb sôn am brotestiwr neu ddau – yn troi i edrych yn edmygus arno fe a Gari'n hwylio heibio yn y Ferrari. Meddwl eu bod nhw'n selebs, siŵr o fod.

'Mae'r lle 'ma fel ffair!' gwaeddodd Sgwid.

'Bai Arthur,' meddai Gari.

'Be?'

'Bai Arthur. Bai gydag i dot,' meddai Gari, ac amneidio i gyfeiriad adeilad y Senedd. 'Fan'na mae'r arddangosfa.'

'O.' Chwarddodd Sgwid ac edrych dros ei ysgwydd. Ie, ar Arthur oedd y bai am bresenoldeb yr holl blismyn. Roedd dau ddyn mewn sbectolau duon yn loetran ar y cei, ac yn esgus bod yn dwristiaid. Falle'u bod nhw'n twyllo pawb arall, ond doedden nhw ddim yn twyllo Sgwid. Roedd eu cerddediad yn rhy ofalus, eu hysgwyddau'n rhy dynn. Dynion Andrews oedden nhw. 'Ti'n mynd i weld yr arddangosfa?' gofynnodd, gan droi at Gari.

'Wrth gwrs,' meddai Gari. 'Rhaid i fi weld yr hen Arthur. Gweld ei fawd e ta beth.'

'Pam bawd?'

'Achos mai dyna i gyd maen nhw wedi ei ffeindio.' Chwarddodd Gari wrth weld Sgwid yn geg-agored. 'Ble wyt ti'n byw, 'chan?'

'Pencelyn.'

'Chi byth yn gwrando ar y newyddion ym Mhencelyn?' Arafodd Gari, a throi i'r dde. 'Fe ffeindiodd rhywun fys bawd mewn cors. Roedd y bawd wedi cael ei dorri i ffwrdd mewn brwydr, a thrwy lwc roedd y gors wedi ei gadw rhag pydru. Maen nhw'n dweud mai bawd y Brenin Arthur yw e.'

'Rwtsh!' meddai Sgwid.

'Wel, maen nhw'n dweud yn bendant ei fod e'n dyddio o oes y brenin Arthur.'

'Felly dyw e ddim yn perthyn i Arthur o gwbl.'

'Pwy a ŵyr?' meddai Gari. 'Rwyt ti'n rhy sinigaidd, Sgwid.'

'Hm!' Meddyliodd Sgwid am Andrews a'i ddynion yn gorfod gwarchod Prif Weinidog oedd yn gorfod agor arddangosfa oedd yn dathlu brenin oedd falle erioed wedi bodoli. Heb sôn am ei fawd. 'Bananas!' meddai'n uchel.

Chwarddodd Gari a sgubo i mewn i faes parcio y tu ôl i floc o fflatiau.

'Waw! Fan hyn wyt ti'n byw?' gofynnodd Sgwid. 'Rwyt ti fel brenin dy hunan. Y Brenin Gari.'

'Caria hon i fi, was.' Wrth ddod allan o'r car, taflodd Gari ei siaced at Sgwid.

'Gwas!' galwodd blonden fach dwt oedd yn croesi'r maes parcio. 'Ers pryd mae gwas gen ti, Gari?'

'Ers nawr,' chwarddodd Gari. 'Sgwid yw ei enw. Ac Elinor yw hon,' meddai wrth Sgwid.

'Os yw e'n dy weithio di'n rhy galed,' meddai Elinor gyda winc, 'Dwi'n byw gyferbyn ag e, a gallen i wneud tro â gwas.'

'Reit. Dwi'n ymddiswyddo nawr.' Taflodd Sgwid ei siaced yn

ôl at Gari, ac esgus dilyn Elinor nes i Gari afael yng nghefn ei grys a'i lusgo tuag at ddrws yr adeilad.

Roedd fflat Gari ar y pumed llawr. Tra oedd Gari'n casglu'i lythyron o'r bocs y tu ôl i'r drws, chwibanodd Sgwid a mynd yn syth at ffenest y stafell fyw. Pwysodd ar y sil ac edrych allan dros Fae Caerdydd, y tonnau mân yn wincian, haul yn sboncio oddi ar y cychod, ac arfordir De Lloegr fel *cut-outs* duon y tu draw i'r dŵr.

Draw ar y gorwel tua'r gorllewin roedd cylch eirias o olau llachar yn disgleirio yng ngolau'r haul, ac yn denu sylw nifer o'r bobl ar y cei.

'Beth yw hwnna?' gofynnodd Sgwid.

Cododd Gari bâr o finociwlars o'r bwrdd coffi, a chael sbec sydyn drwyddyn nhw, cyn troi o'r ffenest a chau ei lygaid yn dynn. 'Ti'n gwbod be dwi'n meddwl yw e? Y llong asbestos. Edrych di, ond bydd yn ofalus. Mae'n llosgi dy lygaid di.' Dododd y binociwlars yn llaw Sgwid.

Hanner-caeodd Sgwid ei lygaid a syllu drwy'r binociwlars. Roedd y llong, os mai dyna beth oedd hi, yn edrych fel seren ddisglair.

'O ystyried ei bod hi'n cario llwyth o stwff gwenwynig, mae hi'n edrych yn bert iawn,' meddai, gan roi'r binociwlars i lawr.

'Wyt ti am weld rhywbeth mwy pert fyth?' meddai Gari.

'Be?'

Agorodd Gari'r drws oedd yn arwain i berfeddion y fflat, a dilynodd Sgwid e i goridor, ac yna i stafell ar y chwith. Yn nrws y stafell safodd Sgwid yn stond a chwibanu ddwywaith yn hwy nag o'r blaen. O'i flaen roedd stafell snwcer gyda bwrdd gwyrdd gloyw yn y canol, a lluniau lond y wal.

'Waw!' Chwiban arall. Am fwrdd! Ac am luniau! Lluniau chwaraewyr snwcer. Er mai dim ond ychydig linellau unlliw oedd ar bob cynfas, roedd hi'n ddigon hawdd nabod testun pob llun. Steve Davis. Ronnie O'Sullivan. Mark Williams. John Higgins. Stephen Hendry. A Gari ei hun.

'Ffrind i fi dynnodd y lluniau,' eglurodd Gari. 'Dyna pam mae 'na lun ohona i.'

'Ti'n haeddu bod 'na, ta beth,' meddai Sgwid yn bendant.

'Ti'n meddwl?' Aeth Gari i gwpwrdd yn y wal a thynnu dau giw allan. 'Ti am chwarae o flaen Ronnie?'

'Ocê.'

A chwarae wnaethon nhw. Chwarae go iawn.

Aeth y munudau heibio fel breuddwyd, a Sgwid yn perfformio fel Ferrari'r bwrdd snwcer. Grymus, esmwyth, a hudol.

8

Tra oedd Sgwid-Ferrari'n chwarae snwcer, roedd Andrews yn eistedd mewn swyddfa yn adeilad y Senedd, dafliad carreg i ffwrdd, yn holi Alwena Green, trefnydd arddangosfa *Fe ddaeth yr awr,* am ei chysylltiad â Paul Masters.

Roedd y cwestiwn yn amlwg wedi ypsetio Mrs Green. Roedd hi'n syllu arno fel cwningen o flaen golau car.

'Y bawd,' meddai'n herciog. 'Bawd y brenin oedd fy nghysylltiad i â Paul Masters.'

'Y bawd?'

'Bawd o oes y Brenin Arthur sy'n rhan o'r arddangosfa. Y labordy lle mae... lle roedd Paul yn gweithio sy biau'r bawd, a Paul ddaeth ag e yma.'

Wrth wrando ar ei llais brau, sylwodd Andrews ar y cylchoedd duon o dan lygaid Alwena Green, a'r wyneb gwelw o dan y colur gofalus.

'Felly dyna pam oedd e'n dod yma heddi?' meddai'n fwyn. 'Dod i edrych ar y bawd oedd e.'

'Roedd e'n ein cynghori ni ynglŷn â rhai o'r eitemau eraill hefyd.' Plygodd Alwena'i phen a gafael yn dynn yn ymyl y ddesg. Arhosodd Andrews yn amyneddgar.

'Mr Andrews,' meddai'r trefnydd o'r diwedd. 'Mae gen i

rywbeth i'w ddweud wrthoch chi. Ond yn gynta dwi am sicrwydd na ddwedwch chi wrth neb arall.'

Symudodd Andrews ei ben fymryn, ond ddwedodd e'r un gair. Sicrwydd? Sut gallai e roi sicrwydd heb wybod am beth oedd hi'n siarad?

'Rydych chi'n deall beth yw cyfrifoldeb,' meddai Alwena, gan sbecian arno fel crwban o'i gragen. 'Y cyfrifoldeb o ofalu am rywbeth pwysig.'

'Ydw,' meddai Andrews yn gadarn. Roedd e'n deall hynny'n berffaith.

'Ar gyfer yr arddangosfa rydw i wedi cael benthyg trysorau gan amgueddfeydd ar draws y byd, ac...'

'Ac mae rhywbeth wedi digwydd i un ohonyn nhw?' awgrymodd Andrews.

Nodiodd y trefnydd, a syllu arno.

'I fawd y brenin, falle?'

Nodiodd y trefnydd eto.

'Ydy'r bawd wedi diflannu?' gofynnodd Andrews.

'O na! Dyw e ddim wedi diflannu,' protestiodd Alwena Green.

'Wedi dechrau pydru?'

Gwingodd Alwena wrth glywed y gair 'pydru', a tharo'i phenelin yn erbyn y ddesg. Rhwbiodd ei phenelin yn ffwndrus. 'Roedden ni wedi bod yn ofalus tu hwnt. Mae'r bawd yn fregus, felly mae wedi 'i selio mewn swigen o blastig, ond...' Gwingodd eto. 'Na, dyw e ddim wedi pydru, ond mae rhywbeth wedi digwydd. Ers diwrnod neu ddau mae'r croen fel petai wedi llithro rhyw ychydig. Dim ond arbenigwr fyddai'n sylwi.'

'Arbenigwr fel Paul Masters?'

'Ie. Roedd Paul wedi trefnu i ddod yma heddi, beth bynnag, felly ro'n i'n mynd i ofyn ei farn e. Ond nawr...' Sbeciodd dwy lygaid ofidus ar Andrews. 'Dwi yn teimlo dros ei wraig a'i deulu, cofiwch,' meddai'n frysiog. 'Nid dim ond poeni am yr arddangosfa ydw i.'

'Na, dwi'n siŵr.'

'Allwn i ddim credu, pan glywes i'r newyddion. Ei wraig ffoniodd, chwarae teg iddi. Doeddwn i ddim hyd yn oed yn sylweddoli ei fod e yng Nghaerdydd. O leia...'

'O leia be?' gofynnodd Andrews.

'Fe ges i e-bost wrtho echdoe'n dweud "Wela i chi ddydd Iau. Diolch o galon am sicrhau 'mod i'n cael gweld y gêm!" O'n i'n meddwl mai cyfeirio at y ffaith fod ganddo brynhawn Mercher yn rhydd i wylio'r gêm rygbi ar y teledu oedd e. O'n i ddim yn sylweddoli ei fod yn dod yma i'r Stadiwm i wylio'r gêm. Wel, wnes i ddim meddwl am y peth, a dweud y gwir. Gormod o bethau eraill ar fy mhlât.' Gwthiodd ei llaw drwy'r gwallt brown oedd fel arfer yn gap twt ar ei phen.

'Felly,' meddai Andrews, 'nid chi anfonodd y tocyn rygbi ato?'

'Fi?' meddai Alwena'n syn.

'Y Cynulliad 'te?'

'Y Cynulliad? Wel...' Cododd ei hysgwyddau. 'O'n i ddim yn sylweddoli bod unrhyw un wedi anfon tocyn ato. Ond digon posib fod rhywun wedi gwneud.'

Mi oedd rhywun, meddyliodd Andrews. Roedd rhywun wedi trefnu i Masters fod yn y gêm. Ac wedi trefnu i Masters farw?

'I fynd yn ôl at y bawd,' meddai, a'i lais mor hamddenol ag erioed. 'Oes gyda chi sicrwydd mai bawd go iawn oedd e?'

'Dr Masters wnaeth ei ddyddio yn y lle cynta,' meddai Alwena Green. 'Mae'n fawd enwog. Mae arbenigwyr ledled y byd wedi 'i astudio.'

'Ie, ond ydych chi'n siwr mai hwnnw oedd y bawd gawsoch chi gan Dr Masters?'

Nodiodd Alwena.

'Hynny yw,' meddai Andrews, 'ydy hi'n bosib fod Paul Masters wedi benthyg bawd ffug i chi?'

'Dim o gwbl!' Ffromodd y trefnydd.

'Falle 'i fod e'n teimlo ei bod hi'n rhy beryglus i ryddhau'r bawd go iawn o'i labordy?'

'Na.' Plannodd Alwena Green ei phenelinoedd ar y ddesg.

'Sut gallwch chi fod mor siŵr?'

'Achos,' meddai Alwena. 'Achos, yn y lle cynta, nid person fel'na oedd Paul. Roedd e'n berson annwyl iawn, a llawn brwdfrydedd. Roedd gânddo wybodaeth eang dros ben, ac roedd e wrth ei fodd yn rhannu'r wybodaeth honno â phawb. Yn ail...'

'Ie?' meddai Andrews yn wylaidd. Roedd Alwena Green wedi sythu'i hysgwyddau ac wedi hoelio llygaid llym arno.

'Roedd Dr Masters yn ddyn proffesiynol,' pwysleisiodd Alwena Green, 'ac mae'r arddangosfa hon yn arddangosfa broffesiynol o bwys sy wedi cael sylw ac yn mynd i gael sylw ledled y byd. Mae'r ffaith fod bawd y brenin yn rhan ohoni o ddiddordeb i archaeolegwyr a haneswyr, a Chymru gyfan. Petai hwn yn fawd ffug, fyddai'r arbenigwyr fawr o dro yn sylweddoli bod Paul Masters yn ein twyllo ni, a byddai hynny'n difetha'i enw da. A byddai hynny'n torri'i galon e, Mr...' Daliodd ei gwynt wrth sylweddoli beth oedd hi newydd ei ddweud. 'Sori,' meddai. 'Dewis anffodus o eiriau. Trawiad ar y galon gafodd e, ynte? Druan o Paul.'

Trodd Alwena'i phen tuag at y ffenest a syllu ar sgwâr bach o awyr glaswyn tra'n trio adfeddiannu'i hun. Yn y distawrwydd syllodd Andrews ar y teclyn tebyg i watsh am ei arddwrn dde. Roedd golau bach coch yn wincian. Neges.

'Wnewch chi fy esgusodi i am foment?' gofynnodd i Alwena. 'O'n i wedi addo cael gair ag un o'r gwylwyr lawr stâr. Fydda i ddim ond dwy funud.'

Nodiodd Alwena. Wrth i Andrews fynd allan, clywodd hi'n estyn yn ei bag am facyn poced, paracetamol neu rywbeth. Y greadures! Brysiodd i lawr coridor o swyddfeydd gweigion, ac ar ôl troi'r gornel, cododd ei 'watsh' at ei glust a sibrwd 'Ie?'

'Canlyniadau cynta post-mortem Masters,' meddai llais fflat Rawlins, ei ddirprwy. 'Mae'n edrych yn debyg ei fod e wedi cael ei bigo gan wenynen ar ei goes, ac wedi dioddef alergedd.'

'Gwenynen?' meddai Andrews. 'Yn Stadiwm y Mileniwm?'

'Siwpyr-gwenynen sy wedi gadael llwyth o wenwyn yn ei gorff,' meddai Rawlins. 'Gwenynen gyda phigiad sy'n edrych yn debyg iawn i bigiad nodwydd.'

'Gwenynen ddynol felly,' meddai Andrews. 'Rhywun wedi chwistrellu'r gwenwyn yn fwriadol. Gofyn i Mrs Masters pwy oedd yn gwybod bod ei gŵr yn dioddef o alergedd. A gofyn pam daeth e i Gaerdydd ddydd Mawrth, ac i ble'r aeth e'r diwrnod hwnnw.'

'Ocê.'

Diffoddodd y golau coch. Safodd Andrews am foment i brosesu'r wybodaeth, cyn troi a mynd yn ôl ar hyd y coridor at Alwena Green.

Roedd Alwena Green ar ei thraed ac yn disgwyl amdano. 'Awn ni i lawr i'r arddangosfa i chi gael gweld y bawd,' meddai, 'ond dwi ddim eisiau i neb arall sylweddoli bod dim o'i le, chi'n deall?'

'Dwi'n deall.'

'Diolch.'

'Mrs Green.'

Roedd Alwena Green hanner ffordd i'r drws. Edrychodd dros ei hysgwydd.

'Mrs Green,' meddai Andrews. 'Ydych chi'n meddwl bod rhywun wedi ymhel â'r bawd? Rhywun wedi ei niweidio'n fwriadol ar ôl iddo'ch cyrraedd chi?'

O dan ei cholur cochodd Alwena Green. 'Nid ei niweidio,' sibrydodd. 'Ond meddylies i falle bod rhywun wedi trio'i ddwyn, yn enwedig ar ôl clywed y newyddion am Tintagel.'

'Tintagel?'

'Y cysylltiad Arthuraidd, chi'n gweld. O'n i'n meddwl falle bod rhyw ffanatig o Gymro'n trio hawlio eiddo Arthur. Ac eiddo'r labordy yn Llundain yw'r bawd, nid ein heiddo ni. Ond...' Cnôdd ei gwefus, ac yna ysgwyd ei phen yn ddiamynedd. 'Ond allai neb fod wedi ymhel â'r bawd. Mae 'na wylwyr, mae 'na larwm, mae 'na gamerâu CCTV. Mae'r dechnoleg ddiweddara'n gwarchod yr arddangosfa, Mr Andrews, felly mae'n amhosib, yn dyw e?'

'Ydy,' meddai Andrews. 'Amhosib.'

Ac roedd hi'n amhosib fod Dustin Starr yn fyw, yn doedd? Serch hynny, oni bai ei fod e'n ddyn proffesiynol, byddai Andrews wedi croesi'i fysedd. Wrth ddilyn Alwena Green i lawr y grisiau, craffodd ar y camerâu oedd yn llechu ym mhob twll a chornel, ac ar y gwylwyr – rhai mewn dillad bob dydd a rhai mewn iwnifform – yn sefyllian rhwng y rhesi o faneri ar bolion oedd yn addurno cyntedd y Senedd. Trefnu gofalus, ac nid ofergoeledd, oedd yn achub bywydau.

Yn llenwi un rhan o'r cyntedd roedd pafiliwn rhyfeddol canoloesol, gyda'r geiriau *Fe ddaeth yr awr*! yn sgleinio uwch ei ben. Fan'ny byddai Lance Morden, Prif Weinidog y Deyrnas Unedig, yn perfformio'r seremoni agoriadol ddydd Sadwrn. Yn gwarchod y fynedfa i'r pafiliwn safai sgrin wydr. Wedi i Alwena Green wasgu'i llaw ar y peiriant adnabod, agorodd y sgrin, ac i mewn â'r trefnydd i'r arddangosfa gydag Andrews yn dynn wrth ei sodlau.

Roedd Andrews wedi ymweld â'r pafiliwn droeon. Serch hynny roedd e'n dal i ryfeddu. Roedd tu mewn y pafiliwn wedi 'i drawsnewid yn ogof o greigiau llwydion. Ym mhob pant ar bob craig, dan haenen o blastig symudol fel dŵr, gorweddai trysor o oes y Brenin Arthur – bwcwl, darn o ddefnydd, darn o arian neu ddarn o arf. Ond, fel arfer, chafodd Andrews ddim cyfle i'w hedmygu, nac i edmygu'r hologramau rhyfeddol ar y waliau chwaith. Ar lawr y pafiliwn, yn disgleirio dan y golau llwydlas ac yn cordeddu rhwng y creigiau, roedd llwybr serennog. Brysiodd Alwena Green ar hyd hwnnw, nes troi cornel a sefyll o flaen pwll o ddŵr glas disglair.

Yn codi o'r pwll, mewn tonnau o olau glas, roedd cleddyf hardd, ac yn gafael yn ei garn, roedd llaw mewn maneg milwr. O'r faneg ymwthiai un bys bawd. Er bod y bawd wedi duo, roedd e'n grwn ac yn dew. Teimlodd Andrews ias fach o gyffro yn rhedeg drwyddo er ei waetha. Plygodd tuag ato.

'O! Peidiwch â chyffwrdd nes troi'r larwm i ffwrdd,' gwichiodd Alwena Green.

'Dwi ddim am gyffwrdd,' meddai Andrews, gan graffu'n ofalus ar y llaw. O dan y tonnau o olau glas roedd hi bron yn amhosib gweld yr haenen o blastig oedd yn ei orchuddio, na gweld bod y bawd mewn swigen o blastig ar wahân. 'A dwi ddim am i neb arall gyffwrdd chwaith, nes i fi gael rhywun i archwilio'r plastig am olion bysedd,' ychwanegodd.

'Rydych chithe'n meddwl bod rhywun wedi ymhel ag e felly?'

gofynnodd Alwena'n floesg.

'Alla i ddim dweud,' meddai Andrews. 'Dwi ddim yn arbenigwr. Ond mae'n amlwg eich bod chi'n poeni fod rhywbeth o'i le.'

'Teimlo o'n i fod y siâp wedi newid rhyw fymryn,' meddai Alwena. 'Ond falle 'mod i'n dychmygu. Ie, falle mai dychmygu ydw i. Falle...'

'Beth bynnag, fe wnawn ni archwilio,' meddai Andrews.

Cododd ar ei draed. O dan y golau llwydlas roedd wyneb y trefnydd mor wyn ag ysbryd, a'i llygaid yn fawr ac ofnus. Druan â hi! Ond yn y pen draw doedd y bawd ddim yn bwysig. Diogelwch Lance Morden oedd yn bwysig.

Oedd 'na gysylltiad rhwng y newid yn y bawd ac ymweliad y Prif Weinidog? A beth am Paul Masters? A'r dyn streipiog oedd wedi achosi cymaint o sioc i Anna Trevena a Gwydion Beynon?

Roedd nerfau Andrews yn dynn, er bod ei wyneb yn llonydd.

'Fe drefna i i rywun archwilio'r bawd mor gyflym a di-stŵr â phosib,' meddai'n fwyn wrth Alwena Green.

Nid y bawd fyddai'r unig beth i gael ei archwilio'r noson honno, ond soniodd Andrews 'run gair am hynny.

9

Tra oedd Andrews yn gwneud ei ymholiadau, roedd Sgwid wedi cael noson i'r brenin. Dwedodd e hynny wrth Gari oedd yn llywio'r Ferrari i mewn i garej tanddaearol yr Halcyon.

'Noson i'r Brenin Arthur, ti'n feddwl?' meddai Gari, a pharcio'r Ferrari a'i gynffon yn erbyn y wal bella.

'Nage!' snwffiodd Sgwid. 'Noson i'r Brenin Gari. Fyddai gan Arthur ddim cliw sut i chwarae snwcer.'

'Dim cliw a dim ciw,' meddai Gari. 'Byddai'i gleddyf e'n rhacso'r ffelt i gyd.'

Chwarddodd Sgwid a swatio'n ddyfnach i sedd y Ferrari. Oedd, roedd e wedi cael noson i'w chofio. Gêm o snwcer oedd wedi gwneud iddo deimlo fel pencampwr unwaith eto, a phryd o fwyd Tsieineaidd ffantastig i ddilyn.

'Ti'n mynd i gysgu yma drwy'r nos, wyt ti?' gofynnodd Gari, ar ôl estyn ei siaced a gweld bod Sgwid heb symud.

'Na.' Ymestynnodd Sgwid. Doedd e ddim yn mynd i gysgu yn y Ferrari drwy'r nos, er mor gyfforddus oedd e. Doedd e ddim yn bwriadu mynd allan gyda Gari chwaith, er iddo gael cynnig. Roedd Gari'n mynd i gwrdd â Melissa yn y dafarn, felly roedd e, Sgwid, yn mynd i fynd lan i'w stafell i decstio, edrych ar ei Facebook, a gwylio'r teledu. 'Diolch, Gar!' meddai, gan roi pwniad i ysgwydd ei ffrind cyn dringo allan o'r car.

"Sdim rhaid i ti fynd yn ôl i'r gwesty, cofia,' meddai Gari, gan gloi'r Ferrari. 'Galli di ddod gyda fi.'

'A dwyn Melissa?' meddai Sgwid.

'Dim gobaith,' meddai Gari.

'Ti eisie bet?' Edrychodd Sgwid arno'n slei o gil ei lygad, wrth i'r ddau wau eu ffordd drwy'r lle parcio hanner llawn.

'Iesgyrn! Faint o ferched wyt ti eisie?' gofynnodd Gari. 'Mae gen ti Anna a...'

Ochneidiodd Sgwid. 'Dyw Anna a fi ddim...'

'Dyw Melissa a fi ddim chwaith,' meddai Gari ar ei draws. 'Wel, dim eto.'

'A dim byth, os do i gyda ti,' meddai Sgwid. 'Na, wir!' ychwanegodd wrth i Gari ddechrau protestio. 'Dwi ddim eisie dod! Dwi'n chwaraewr snwcer dan hyfforddiant, yn tydw i? Alla i ddim fforddio mynd ar y razz.'

Roedden nhw wedi cyrraedd drws ffrynt yr Halcyon. Arafodd y ddau.

'Os ti'n siŵr, wela i di amser brecwast 'te,' meddai Gari.

'Amser brecwast,' cytunodd Sgwid. Cododd ei fawd, a chamu'n sionc drwy ddrws y gwesty.

Roedd yr Halcyon yn boeth ac yn fwrlwm o sŵn. Yn croesi'r lobi ac yn anelu am y lifft roedd haid o ddynion a menywod ifainc mewn siwtiau, eu hwynebau mor fain a chyffrous ag wynebau daeargwn wrth dwll cwningen. Ar yr hysbysfwrdd wrth y lifft roedd neges yn croesawu cynhadledd Sgiltec Holdings i'r gwesty. Arhosodd Sgwid i'r Sgiltecwyr eiddgar fynd o'i ffordd cyn dianc i'r llawr cynta.

Roedd y llawr cynta'n dawel fel y bedd. Dim byd i'w glywed ond sŵn traed Sgwid yn suddo i'r carped, clec ei allwedd yn y drws, gwich y drws yn agor a...

Suddodd ei ysgwyddau. Ar y ford wrth y ffenest roedd ei laptop ar agor a'r logo'n troi'n araf yng nghornel y sgrin. Andrews eto! Arhosodd am foment gan ddisgwyl gweld y ditectif yn camu o'r cysgodion.

Symudodd neb.

Craffodd Sgwid drwy'r tywyllwch, a rhoi clec sydyn i switsh y golau. Ffrydiodd y golau drwy'r stafell.

'Helô?'

Neb yn ateb.

Roedd coridor byr yn arwain o'r drws, rhwng y stafell ymolchi a'r cwpwrdd dillad, i'r stafell wely. Craffodd Sgwid ar ddrych y bwrdd gwisgo. Gyda help y drych roedd e'n gallu gweld pob cornel o'r stafell, heblaw'r gilfach y tu ôl i wal y stafell ymolchi, a'r llawr y tu ôl i'r gwely.

Gan ddal y drws ar agor ag un llaw, camodd Sgwid mor bell ag y gallai i mewn i'r stafell. Gyda'i ddwrn pwniodd ddrws y stafell ymolchi ar agor. Roedd y stafell ymolchi yn wag. Agorodd ddrws y cwpwrdd dillad a gwylio'i grysau a'i drywsusau'n clecian ar y rheilen. Tynnodd ei ffôn o'i boced yn barod i ffonio am help, gollwng ei afael ar y drws, a rhuthro am y gwely.

Neb.

Neb yn y gilfach. Neb yn gorwedd ar y llawr rhwng y gwely a'r ffenest.

Neb.

Dim byd yn symud ond sgrin y laptop. Cyffyrddodd Sgwid â'r llygoden, a gwylio llun o Ronnie'n neidio i fyny ar y sgrin. Y llun cyfarwydd o Ronnie'n plygu dros y bwrdd yn barod i botio'r bêl fyddai'n sgorio 147.

Disgynnodd Sgwid ar droed y gwely a syllu ar gefn pen Ronnie O'Sullivan. 'Wali!' meddai, ar ôl cael ei wynt. 'Fi adawodd y laptop ar agor, siŵr o fod.' Estynnodd am gan o Dr Pepper o'r oergell, ei ddrachtio, ac agor ei Facebook.

Hy!

Un neges ddwl oddi wrth ei ddwy chwaer yn Thailand. Un neges oddi wrth Emma Griffiths, cariad Joe. Rêf heno yn tŷ ni. Yr henoed i ffwrdd!!! Rêf! Doedd Emma ddim yn rêfyr o gwbl, ond mi fyddai wedi mynd draw i'w thŷ hi, pe bai e gartre ym Mhencelyn. Wedyn 3 neges yn union yr un fath:

Draw dros y don mae

Draw dros y don mae

Draw dros y don mae

oddi wrth rywun dienw oedd yn amlwg yn berchen ar gyfrifiadur dodji.

Diffoddodd Sgwid ei laptop heb anfon neges at neb. Wnaeth e ddim tecstio neb chwaith. Ife bore 'ma glywodd e fod Paul Masters wedi marw? Ife dim ond bore 'ma? Iesgyrn, roedd hi wedi bod yn ddiwrnod hir. Aeth i gael cawod.

Deg munud ar ôl gorffen ei gawod, roedd Sgwid yn cysgu'n sownd. Chlywodd e mo'r traed yn cripian yn dawel at ddrws ei stafell i tshecio a oedd e'n iawn, ac yna'n cripian i ffwrdd.

Doedd Andrews ddim yn cysgu. Doedd e ddim yng Nghaerdydd chwaith. Ar ôl diwrnod o ymholiadau dyrys, roedd e wedi penderfynu gyrru ar ras i Bencelyn.

Tra oedd Andrews yn taranu ar hyd yr A470, roedd Dilys Beynon, mam-gu Sgwid, yn gyrru i Bencelyn o'r cyfeiriad arall. Roedd hi wedi treulio'r diwrnod mewn sioe amaethyddol, cael swper yng nghartref ei ffrind, a nawr roedd hi'n gyrru'n hamddenol ar hyd y lôn fach wledig gul oedd yn arwain heibio i fynwent Pencelyn. Wrth ddod i olwg gât y fynwent, breciodd yn sydyn.

Roedd tryc wedi parcio ar draws yr hewl.

'Idiot!' gwaeddodd Dilys wrth i'r golau ei dallu.

Yng nghefn y car deffrodd Sam y ci a chodi'i drwyn oddi ar ei ruban gwyrdd. Chwyrnodd yn dawel.

Ar ôl gweiddi 'Idiot!' teimlodd Dilys gywilydd. Falle bod rhywun angen help. Agorodd ei ffenest a galw ar y cysgod du oedd yn symud yng ngolau'r lampau. 'Be sy'n bod? Ydych chi'n iawn?'

'Ydyn! Fyddwn ni ddim munud,' atebodd llais Seisnigaidd. 'Mae'n ddrwg 'da fi.' Symudodd yn frysiog at gât y fynwent a'i hagor led y pen.

Chwyrnodd y tryc a throi'n llafurus drwy'r gât.

Cyn i Dilys symud y gêr, galwodd y Sais, 'Arhoswch funud! Tryc arall yn dod.'

Daeth hwnnw ar ras wyllt rownd y tro a'i olau'n sboncio fel io-io.

'Idiots!' meddai Dilys dan ei gwynt. 'Idiots go iawn!'

Wedi i'r ail dryc fynd drwy'r gât, galwodd yr un llais ag o'r blaen, 'Dyna'r cyfan. Diolch yn fawr.'

Gollyngodd Dilys y brêc. Wrth gripian heibio i gât y fynwent, gwelodd olau tanbaid, fel coelcerth yn fflamio.

'Paid â dychryn, Sam bach,' mwmialodd. 'Does dim tân. Golau'r ddau dryc sy'n disgleirio ar y seloffen, ti'n gweld. Mae mynydd o flodau mewn seloffen yn gorchuddio bedd Dustin Starr.'

Roedd y blodau'n dal i gyrraedd flwyddyn gyfan ar ôl marwolaeth Dustin Starr. Dustin druan, meddyliodd Dilys. Bachgen annwyl a thalentog, ond on'd oedd pobl yn wallgo? Dal i anfon blodau i ddyn nad oedden nhw'n ei nabod. Dim rhyfedd fod y Cyngor wedi gorfod anfon tryciau liw nos i'w symud.

Gyrrodd adre gan feddwl yn dyner am Dustin Starr.

10

Erbyn y bore roedd y ddau dryc wedi gadael mynwent Pencelyn, ond roedd y mynydd o flodau'n dal ar fedd Dustin Starr. Pe bai rhywun wedi edrych o dan y blodau, byddai wedi gweld pridd gwlyb ac amlinelliad bedd newydd ei agor. Ond wnaeth neb. Cyrhaeddodd pentwr o flodau ffres y diwrnod hwnnw.

Ymhell cyn i Sgwid ddeffro am hanner awr wedi saith roedd un o'r ddau dryc wedi cyrraedd hen warws yn ymyl Caerdydd ac wedi parcio mewn cornel dawel gyda sgrinau o'i amgylch. Ond wrth gwrs doedd Sgwid ddim callach. Roedd e'n gwisgo ar frys er mwyn rhoi sioc i Gari drwy gyrraedd y lle bwyta yn gynt nag e.

Erbyn chwarter i wyth roedd e'n eistedd ar ei ben ei hun wrth y bwrdd brecwast. Erbyn wyth roedd e wedi llyncu wy, bacwn, ffa, dwy sosej a hash brown. Erbyn pum munud wedi wyth, roedd e'n dechrau poeni bod Gari wedi cael brecwast yn anarferol o gynnar, ac wedi gorffen cyn iddo fe ddechrau.

Pan ddaeth y weinyddes i glirio'i blât, gofynnodd, 'Ydy Gari wedi cael brecwast?'

'Gari sy'n chwarae snwcer? Na, dwi ddim yn credu.' Gofynnodd y weinyddes yr un cwestiwn i'w ffrind. 'Dwi ddim wedi'i weld e heddi,' atebodd honno.

'Cysgu'n hwyr, siŵr o fod,' meddai'r weinyddes gynta.

'Diogyn.' Chwarddodd Sgwid a chadw'i lygad ar y drws. Erbyn ugain munud wedi wyth, roedd e wedi blino aros. Cododd ac anelu am y llofft.

O'i stafell wely ffoniodd rif ffôn symudol Gari. Un, dau, tri, pedwar, pump, chwech caniad, yna 'Y?'

'Gar?'

'Y?'

'Wyt ti'n gwbod faint o'r gloch yw hi?'

Ebychiad arall. Yn amlwg roedd gan Gari ben mawr. Pen fel eliffant!

'Hei, Gar, ble buest ti neithiwr? Wela i di lawr stâr pan fyddi di'n barod, ocê.'

'Ocê.'

Chwarddodd Sgwid, a dychmygu Gari'n rholio o'i wely. Ar ôl ei holl bregethu am gadw amser! Agorodd Sgwid ei lenni a thanio'r teledu. BBC1. Newyddion Cymru. Cyn dechrau syrffio, gwrandawodd ar y newyddion. Heddlu Caerdydd yn paratoi ar gyfer ymweliad Lance Morden, Prif Weinidog y Deyrnas Unedig, â'r arddangosfa drannoeth. Car wedi llosgi ar ochr y mynydd gerllaw Merthyr. Tîm rygbi Cymru'n mynd i orymdeithio ar fws drwy'r brifddinas adeg Gŵyl y Banc.

Cliciodd Sgwid ar y sianel nesa, a'r nesa, a'r nesa, cyn taflu ei gliciwr ar y gwely. Doedd e ddim eisiau gwylio'r teledu. Roedd e eisiau chwarae snwcer. Fe gâi dipyn bach o ymarfer ar y slei, wedyn herio Gari i gêm, cyn i hwnnw ddeffro'n iawn.

Wrth fynd am y lifft, safodd Sgwid ar dop y landin ac edrych i weld a oedd Melissa yn y lobi. Roedd e eisiau dweud wrthi am beidio â dysgu arferion gwael i Gari. Ond merch â gwallt melyn oedd yn sefyll wrth y ddesg ac roedd hi'n brysur iawn beth bynnag, yn cyfeirio'r dynion a menywod mewn siwtiau i'r stafell gynhadledd ar y trydydd llawr. Brysiodd Sgwid at y lifft cyn i'r Sgiltecwyr ei fachu. Drwy'r ffenest fach yn y drws gwelodd glwstwr o wynebau'n syllu arno wrth iddo suo heibio i'r llawr gwaelod.

'Suckers!' chwarddodd Sgwid, ond wedi cyrraedd y stafell snwcer, fe sylweddolodd mai fe oedd y *sucker*. Roedd y drws ar glo.

Newydd drio troi'r bwlyn am yr eildro oedd e, pan agorodd drws y lolfa.

'Sgwid!' galwodd Megan, y ferch oedd yng ngofal y cownter bwyd. 'Be ti'n 'neud? O'n i'n meddwl dy fod ti'n trio torri i mewn. Ŷn ni ar protestiwr-alert, cofia.'

'Dwi yn trio torri i mewn,' meddai Sgwid.

'Ble mae Gar?'

'Wedi cysgu'n hwyr,' meddai Sgwid. Winc, winc.

'Gar?' meddai Megan yn syn. Diflannodd drwy ddrws y stafell ffitrwydd a dod yn ôl â'r allwedd yn ei llaw. 'Dyna ti,' meddai gan agor y drws. 'Ti'n iawn?'

Wedi i Megan fynd, gollyngodd Sgwid ei gês. Ymestynnodd ei freichiau, ac ystwytho'i fysedd. Roedd e'n dal i deimlo hud y noson cynt. Cododd y ciw a'i sialcio'n ofalus. Roedd e wrth ei fodd yn sialcio ciw cyn gêm. Munud fach i flasu'r holl bosibiliadau oedd yn y wialen fain yn ei law. Munud fach i deimlo'r egni'n llifo drwyddo.

'Gwydion Beynon to break,' sibrydodd, cyn twtio'i dei bô (esgus) a cherdded yn dalog at y bwrdd. Symudodd y triongl, a phlygu.

Clec!

O fewn dim roedd Sgwid yn ei fyd snwceraidd ei hun. Welodd e mo Megan yn mynd heibio ac yn sbecian drwy wydr y drws. Chlywodd e mo'i thraed ar hyd y coridor. Chlywodd e mo'r nofwyr yn fflip-fflopian o'r pwll, na sŵn y lifft yn pingian.

Chwaraeodd Sgwid ffrâm yn ei erbyn ei hun. Fe oedd yr unig chwaraewr a fe oedd yr unig sylwebydd.

Un bêl goch ar ôl. Ydy e'n mynd i allu'i photio hi? Falle, ond dyw hi ddim yn un hawdd. Cyffyrddiad bach ysgafn â'r bêl wen. O, anhygoel! Mae'r goch yn y boced a'r wen yn union y tu ôl i'r bêl ddu.

Gêm glos oedd hi. Sgwid 1 enillodd yn erbyn Sgwid 2 o 48 pwynt i 39. Sialciodd Sgwid ei giw â gwên foddhaus ar ei wyneb, ac yna fe edrychodd ar ei watsh.

Iechyd! Bron yn chwarter i ddeg! Edrychodd o gwmpas y

stafell gan hanner disgwyl gweld Gari'n pwyso'n dawel yn erbyn y wal, ond doedd dim sôn amdano. Brysiodd at ddrws y lolfa. Roedd Megan yn brysur yn gweini coffi i griw o fenywod oedd yn drewi o chlorine.

Cododd Sgwid ei law i dynnu ei sylw, a sibrwd, 'Gari?'

Ysgydwodd Megan ei phen.

Yn ôl yn y stafell snwcer, ffoniodd Sgwid rif Gari. Dim ond llais robotig gafodd e'n ateb. Gadawodd neges. 'Ble wyt ti, Gar? Dwi lawr stâr.' Arhosodd am foment, gan obeithio cael galwad, cyn codi'i gês a brysio lan stâr i'r lle bwyta.

Roedd y lle bwyta'n wag, heblaw am y gweinwyr yn glanhau ac ailosod y byrddau. Chwiliodd Sgwid am y weinyddes y bu'n siarad â hi yn gynharach.

'Welsoch chi Gari wedyn?' gofynnodd.

'Na. Welest ti e?' Trodd y weinyddes at ei ffrind.

'Na,' meddai honno. 'Dim bore 'ma.'

Rhaid ei fod e'n sâl. Roedd rhes o bobl yn aros am y lifft. Brysiodd Sgwid lan y grisiau i'r trydydd llawr, lle roedd stafell Gari. Clywodd sŵn lleisiau'n byrlymu tuag ato. Ar y trydydd llawr roedd y stafell gynhadledd. Roedd ei drws ar agor a rhesi o bobl a'u cefnau tuag ato. Trodd rhai wrth glywed cês Sgwid yn taro'n erbyn y drws swing. Lapiodd Sgwid ei freichiau am y cês, ac anelu i'r dde tuag at stafell 322.

Ar y llawr o flaen y stafell gyferbyn roedd cerdyn 'Do not disturb'. Cnociodd Sgwid yn ysgafn ar ddrws 322, a gwasgu'i glust yn erbyn y pren. 'Gari!' hisiodd.

Dim ateb.

'Gari!'

Cnociodd yn uwch. Yn uwch fyth. Mor uchel fel bod Tom Watson, rheolwr gwesty'r Halcyon, yn ei glywed o'r landin. Wrth frysio tuag at y sŵn, a'r geiriau 'Syr, (neu Madam, falle?) ga i ofyn yn garedig i chi…' yn hofran ar ei wefusau, fe welodd Sgwid yn sefyll yn y coridor.

'Mae Gari'n hwyr,' eglurodd Sgwid cyn i Tom ddweud dim. 'O'n i i fod cael gwers. Ond dyw e ddim wedi bod lawr i frecwast.'

'Ddim wedi bod lawr?' sibrydodd Tom, a phwyntio at y cerdyn 'Do not disturb' gyferbyn. 'A dwyt ti ddim wedi'i weld e?'

'Na, ond siarades i ag e dros y ffôn.'

'Oedd e'n iawn?'

'Wel...'

'Ocê.' Gwasgodd Tom ei fys ar ei wefusau i annog Sgwid i fod yn dawel, yna trodd ac anelu ar frys i lawr y coridor lle roedd morwyn yn gwthio troli. O fewn dim daeth yn ei ôl ag allwedd yn ei law. 'Aros di fan hyn,' meddai wrth Sgwid. Gan lygadu Sgwid i wneud yn siŵr na fyddai'n ei ddilyn, agorodd y drws, sleifio drwyddo a'i gau ar ei ôl.

Gwasgodd Sgwid ei gês yn dynnach. Roedd ei anadl yn sownd yng ngwaelod ei fol. 'A!' ebychodd, wrth i'r drws agor yn sydyn.

'Dyw e ddim yma,' meddai Tom.

'Dyw e ddim?'

Ysgydwodd Tom ei ben ac agor y drws led y pen. Gwelodd Sgwid gip o wely taclus, gyda maneg yrru liw arian yn gorwedd ar ei chefn ar y cwrlid.

'Y bathrwm?' gofynnodd.

'Dwi wedi edrych. Mae'r hen Gar wedi bod yn chwarae oddi cartre, mae'n rhaid.' Chwarddodd Tom yn wichlyd. Roedd ei nerfau'n frau. Am foment frawychus roedd e wedi meddwl bod rhywbeth wedi digwydd i Gari, fel y digwyddodd i Dr Masters druan. 'Pryd oedd dy wers snwcer di i fod?'

'Hanner awr wedi naw.'

'O, dyw e ddim yn hwyr iawn 'te,' meddai Tom.

'Dyw Gari ddim fel arfer yn hwyr o gwbl,' meddai Sgwid.

'Na, dyw e ddim, chwarae teg,' meddai Tom. 'Mae Gari'n un o'r goreuon. Felly, fe wnawn ni faddau iddo am y tro, yn gnawn?' Caeodd ddrws y stafell, pwyso'i law ar ysgwydd Sgwid a'i gyfeirio tuag at y drws swing. 'Mae e wrth ei fodd yn dy hyfforddi di, cofia, achos mae e'n meddwl dy fod ti'n un o sêr y dyfodol. Falle 'i fod e i lawr 'na nawr, yn disgwyl amdanat ti. Ac os nad yw e, mae e'n siŵr o roi gwers ecstra ar ddiwedd y dydd i wneud i fyny'r amser mae e wedi'i golli. Iawn?'

Roedden nhw wedi cyrraedd y lifft. Agorodd y drws a rhyddhau dwy fenyw mewn siwtiau. 'Bore da i chi, ledis,' meddai Tom gyda gwên fawr sebonllyd. 'Mae'r stafell gynhadledd draw fan hyn.' Ac i ffwrdd ag e ar eu holau, a gadael Sgwid.

'Crîp!' hisiodd Sgwid wrth gamu i mewn i'r lifft. Ble oedd Gari? Doedd Gari ddim wedi cysgu yn ei wely, ond doedd dim uffern o ots gan Tom.

Oedd e'n dal gyda Melissa?

Yn ei fflat?

Neu oedd e'n disgwyl amdano ar y llawr gwaelod? Suodd y drws ar agor, a brysiodd Sgwid yn obeithiol i'r stafell snwcer. Roedd y stafell ar glo. Aeth ar ei union i'r lolfa. Amneidiodd Megan arno, pwyso dros y cownter a hisian, rhag ofn i'r yfwyr wrth y byrddau glywed, 'Sori, Sgwid. O'n i'n gorfod cloi'r drws. Protestiwr-alert.' Gwnaeth ystum â'i fys i ddangos bod Tom yn boncyrs. 'Ti am yr allwedd?'

'Na, mae'n iawn. Oes gen ti rif ffôn Melissa?'

'O-o!' pryfociodd Megan.

Gwenodd Sgwid yn dynn, ac aros iddi estyn ei ffôn o dan y cownter a chwilio am y rhif. Sgrifennodd y rhif ar ddarn o gwdyn papur, a'i roi iddo.

'Diolch.' Â'r rhif yn ei boced anelodd Sgwid am y grisiau. Cyn mynd i'w stafell a chyn ffonio Melissa, roedd e'n mynd i edrych am gar Gari yn y lle parcio tanddaearol. Croesodd y lobi, camu drwy'r drws, a theimlo gwres sydyn yr haul ar ei ysgwyddau.

Ymlaciodd ychydig. Roedd y gwesty'n fyd artiffisial lle roedd modd anghofio am yr haul. Modd anghofio hefyd fod gan Gari fywyd y tu allan i'r Halcyon. Dim ond ers pum diwrnod oedd e'n nabod Gari. Allech chi ddim gwybod popeth am berson mewn pum diwrnod. Falle bod Gari'n methu dal ei ddiod, ac yn cael sesiynau o yfed trwm.

Trodd i mewn i'r lle parcio, teimlo'r haul yn llithro oddi ar ei war a'r mwrllwch olew-ddrewllyd yn cau amdano. Brysiodd heibio i'r bar oedd yn cau'r fynedfa, a gadael i'w lygaid lithro tuag at y man lle gadawodd Gari ei gar.

Roedd car wedi 'i barcio yno, ond nid y Ferrari. Car gwyn oedd e.

Trodd Sgwid yn ara a'i gês yn ei freichiau. Roedd y maes parcio'n llawnach na'r noson cynt hyd yn oed, a cheir yn swatio rhwng pob piler. Troi i graffu i'r gilfach dywyll yn y gornel bella oedd Sgwid, pan glywodd ddrws car yn agor. Yn agor yn bwyllog a gofalus.

Rhedodd iasau oer i lawr cefn Sgwid. Trodd.

Andrews!

Roedd corff onglog y plismon yn sefyll yn nrws ei gar a'i wyneb fel darn o bren wedi 'i bolisio.

'Gwydion,' meddai, a'i lais, er mor isel, yn hollti distawrwydd y lle parcio.

Symudodd Sgwid yn drwsgl tuag ato rhwng y ceir a'r pileri. Wrth nesáu, sylwodd fod y plismon yn gwenu.

'O'n i ar fy ffordd i dy weld di, Gwydion,' meddai'n serchog. 'Oeddet ti ar dy ffordd allan?'

'Na. Chwilio am rywun.'

'Pwy?'

'Gari, fy hyfforddwr snwcer.'

'Oes gen ti funud fach i sbario?'

'Oes... wel...'

'Dim ond munud. Paid â phoeni. Newyddion da sy gen i. Fe gawn ni siarad fan hyn yn y car, os wyt ti'n moyn. Arbed amser i ti.' Arbed amser i finne hefyd, meddyliodd Andrews. Doedd y plismon ddim ond wedi cysgu rhyw ddwy awr yn ystod y nos. Ar ôl siarad â Gwydion fe gâi napyn. Suddodd yn ôl i sedd y car.

Estynnodd Sgwid ei gês i'r cefn, a dringo i mewn yn ei ymyl. Wrth eistedd gwelodd gysgod yn symud yn gyflym i lawr y ramp o'r hewl. Daeth gwraig ganol oed i'r golwg. Sylwodd hi ddim ar ddau bâr o lygaid yn ei gwylio wrth iddi agor ei char, dringo i mewn, gyrru i ffwrdd.

Wedi iddi fynd, dwedodd Andrews yn dawel, 'Ro'n i am i ti fod y cynta i gael gwybod. Fe godon ni gorff Dustin Starr neithiwr...'

'Be?' Teimlodd Sgwid glec ei galon yn taro yn erbyn ei

asennau.

'… o'i fedd ym Mhencelyn.'

'Fe godoch chi Dustin? Ond i be?' Chwyrlïodd i wynebu'r dyn.

'Er mwyn cadarnhau mai fe oedd e.'

'Cadarnhau? Ond dwedoch chi…'

'Fe ddwedes i fy mod i'n hollol siŵr mai fe oedd y corff a ddarganfuwyd ar y traeth ger Port Isaac. Do. A nawr dwi'n hollol, hollol, hollol siŵr.'

Doedd Sgwid ddim wedi disgwyl hyn. Doedd e ddim wedi disgwyl hyn o gwbl. Swatiodd yn ei sedd a'i galon yn curo ar ras wyllt. 'Beth yw'r gwahaniaeth rhwng bod yn hollol siŵr, a bod yn hollol, hollol, hollol siŵr?' crawciodd o'r diwedd. 'Sawl hollol sydd 'i angen arnoch chi? Sawl hollol sy'n ddigon?' Cododd ei lais. 'Y tro nesa y byddwch chi'n dweud eich bod chi'n hollol siŵr, fydd hynny'n golygu dim byd?'

'Bydd,' meddai Andrews. 'Ro'n i'n hollol siŵr o'r cychwyn cynta. Ond panicio wnes i fel Anna. Mae gan hyd yn oed aelod o SO15 hawl i banicio, yn does?'

Cipedrychodd Sgwid ar y dyn. Doedd dim arwydd o banig yn ei lais na'i osgo. Roedd e'n edrych fel rhyw degan rwber caled wedi 'i blygu i ffitio sedd y gyrrwr. Doedd e ddim yn edrych fel person o gig a gwaed.

'O'n i'n meddwl y byddet ti'n falch i glywed,' meddai Andrews.

'Yn falch?' Snwffiodd Sgwid, a gwasgu'i ddyrnau'n dynn. Yn falch? Oedd e'n falch? Cymerodd anadl ddofn. 'Ydw,' meddai yn y man. 'Ydw, dwi yn falch. Sori. Roedd e'n sioc. Do'n i ddim yn meddwl eich bod chi wedi cymryd Anna o ddifri.'

'Do'n i ddim,' meddai Andrews. 'Ond fe ailfeddylies i.'

'Ar ôl clywed am Paul Masters?' gofynnodd Sgwid.

Nodiodd Andrews. 'Roedd Dustin yn ddyn mor gyfrwys a chlyfar, 'run man gwneud yn siŵr.'

'Hollol, hollol, hollol siŵr,' meddai Sgwid.

'Wrth gwrs.'

'Felly nid Dustin oedd y dyn streipiog,' meddai Sgwid, a thynnu anadl hir. 'O'n i 'rioed wedi credu hynny, chi'n gwbod. A dwli oedd meddwl ei fod e'n syllu i gyfeiriad Paul Masters. Jyst cyd-ddigwyddiad.'

'Cyd-ddigwyddiad,' cytunodd Andrews a gwylio'r bachgen o gil ei lygad. Roedd y bachgen yn credu mewn cyd-ddigwyddiadau. Yn anffodus doedd Andrews ddim. Roedd yna gysylltiad rhwng marwolaeth Paul Masters a'r dyn streipiog, ond doedd dim rhaid i Gwydion boeni am hynny. A doedd dim rhaid iddo fe'i hun boeni bod y bachgen yn ei ymyl mewn perygl. Roedd Dustin Starr wedi marw, a fyddai gan yr un terfysgwr arall reswm dros dargedu Gwydion Beynon.

Mygodd Andrews y don o flinder oedd yn bygwth ei lethu.

'Wel,' meddai, 'dwi'n dy gadw di oddi wrth dy snwcer. Fan hyn oeddet ti'n cwrdd â dy hyfforddwr?'

'Na. Chwilio am ei gar e o'n i,' meddai Sgwid, gan estyn am handlen y drws. Am foment roedd y sioc wedi sgubo Gari o'i feddwl, ond nawr roedd e ar dân i ffonio Melissa. Fe âi'n ôl i'r Halcyon yn gynta, rhag ofn fod Gari wedi cyrraedd.

'Pa fath o gar yw e?' meddai Andrews, gan daflu cipolwg sydyn dros y ceir o'i gwmpas.

'O, dyw e ddim 'ma. Dwi wedi edrych,' meddai Sgwid, wrth estyn i'r cefn am ei gês. 'Ferrari yw e. Ferrari *convertible* coch.'

Ferrari. Teimlodd Andrews y gair yn ei daro fel bollt. Gwibiodd golygfa erchyll drwy'i feddwl. Gyrru'n ôl i Gaerdydd yn oriau mân y bore. Gweld fflamau'n codi yng nghyffiniau Merthyr a chotiau melyn yr heddlu'n sgleinio. Yntau wedi stopio, dangos ei docyn adnabod a gofyn 'Be sy?'

'Car ar dân,' meddai'r plismon.

'Rhywun ynddo?'

Nodiodd y plismon a phwyntio'i fawd tua'r llawr. 'Ferrari,' ychwanegodd. 'Y gyrrwr yn mynd yn rhy gyflym, siŵr o fod.'

Gwibiodd llygaid Andrews yn ôl at Sgwid, ond ddangosodd e ddim byd, a phan ddwedodd Sgwid, 'Hwyl 'te. Falle wela i chi,' ei ateb oedd 'Falle.' Ond roedd y 'falle' yn gelwydd. Roedd e'n hollol,

hollol, hollol siŵr y byddai'n cwrdd â Sgwid eto, a hynny'n fuan.

Wedi i'r bachgen wau ei ffordd drwy'r ceir, a mynd o'r golwg, ffoniodd Andrews un o'i ddynion, Eddie McPhee. Atebodd hwnnw o stafell 119 yng ngwesty'r Halcyon, hen stafell Paul Masters. Ar ôl archwilio'r stafell yn drwyadl a darganfod dim, roedd Eddie McPhee wedi treulio'r nos yn y gwesty er mwyn cadw llygad ar Sgwid. Roedd e wedi clywed canlyniadau'r post-mortem diweddara ar Dustin Starr, ac ar fin pacio'i fag. Yn anffodus fyddai'r bòs ddim yn fodlon iddo aros noson arall yn ei stafell gysurus os oedd y bachgen yn ddiogel. Ond, 'McPhee?' meddai Andrews.

'Ie?'

'Mae 'na hyfforddwr snwcer wedi diflannu. Gari yw ei enw cynta.'

'Humphreys,' meddai McPhee ar unwaith. Roedd Eddie McPhee yn ddilynwr snwcer, ac yn gyfarwydd â Gari Humphreys. Roedd e hyd yn oed yn gwybod bod Gari yn aros yn y gwesty.

'Cer ar unwaith i'w stafell e i weld a weli di rywbeth o'i le,' meddai Andrews, oedd eisoes yn tanio'i gar.

Gyrrodd i fyny'r ramp ac anelu ar ei union am Swyddfa Heddlu Caerdydd.

11

Doedd y ferch yn nerbynfa'r Halcyon ddim wedi gweld Gari. Aeth Sgwid ar ei union i'w stafell a ffonio Melissa.

'Ie?' atebodd llais cysglyd. 'Pwy sy 'na?'

'Sgwid.'

'Sgwid!' gwichiodd Melissa'n syn.

'Wyt ti wedi gweld Gari?'

'Weles i e neithiwr.'

'Pryd?'

'Wel, fe aethon ni am ddiod, ac aeth e'n ôl i'r Halcyon toc wedi un ar ddeg. Sdim lot o hwyl yn perthyn i chi chwaraewyr snwcer, oes e? Gwely cynnar, ymarfer drwy'r amser… Hei, pam ti'n gofyn amdano fe, ta beth?'

'Mae e'n hwyr i'r wers.'

'A ti'n rhoi'r bai arna i? Some hopes!' chwarddodd Melissa. 'Dwed wrtho ei fod e'n fachgen drwg.'

Ond doedd Gari ddim yn fachgen drwg, oedd e? Ffoniodd Sgwid ei ffôn symudol, a chael dim ateb. Aeth i lawr i'r stafell snwcer, rhag ofn bod Gari'n disgwyl amdano, ond roedd y drws ar glo, ac aeth e ddim i boeni Megan.

Yn ôl ag e i'w stafell wely, a sefyll wrth y ffenest. Sylwodd e ddim fod ei laptop ar agor tan i'w gysgod ddisgyn arno. Nid yn unig roedd y laptop ar agor, ond roedd geiriau'n symud fel tonnau dros y sgrin.

Draw dros y don mae

Draw dros y don mae? Ble oedd ei *screensaver* e? Ble oedd Ronnie? Roedd Ronnie wedi diflannu. 'Draw dros y don mae.' Roedd e wedi gweld yr un geiriau yn ei Facebook. Be oedden nhw? Firws? Firws Cymraeg? Sgubodd Sgwid y geiriau o'r sgrin, diffodd y laptop a chau'r clawr yn ffyrnig â'i ddwrn.

Y tu allan i'r ffenest roedd yr haul yn dal i dywynnu. Sychodd Sgwid y chwys oddi ar ei wyneb, ac estyn ei siaced. Doedd e ddim yn mynd i hongian o gwmpas. Roedd e'n mynd i fynd i lawr i'r Bae i weld a oedd Gari yn ei fflat. Os doi Gari yn ei ôl yn y cyfamser, fe gâi Gari aros amdano fe. Roedd e wedi cael llond bol o ddisgwyl am Gari.

Ar y ffordd allan wnaeth e ddim trafferthu gofyn i'r ferch yn y dderbynfa a oedd hi wedi gweld yr hyfforddwr. Croesodd y lobi a'i ben i lawr, gadael yr Halcyon ac anelu am ganol y ddinas. Petai e wedi aros ddwy funud yn hwy, byddai wedi gweld car Andrews yn sgrialu rownd cornel y stryd. Ond erbyn i Andrews gyrraedd lle parcio'r gwesty, roedd Sgwid yn aros am fws i'w gludo i'r Bae, ac yn trio osgoi criw o brotestwyr.

Newydd gyrraedd arhosfan y bws oedd Sgwid, pan glywodd guriad drwm a gweld twr o bobl mewn cynfasau gwyn yn anelu amdano. Am foment meddyliodd ei fod wedi landio mewn rihyrsal eisteddfod, ond na. Doedd derwyddon y Steddfod ddim yn peintio'u hwynebau'n wyn fel y galchen. Doedden nhw ddim yn cario coffin *flat-pack* chwaith, nac yn curo drymiau'n araf ac angladdol.

'Protesters,' sibrydodd dyn yn ei ymyl. 'They're the ones protesting against that ship, aren't they?'

'I suppose so,' meddai Sgwid.

Roedd dau o'r protestwyr – merch â gwallt coch a dyn ag wyneb fel plataid o bwdin reis – yn dosbarthu pamffledi, a phregeth. Doedd Sgwid ddim mewn hwyl i wrando ar bregeth. Roedd e'n teimlo ar bigau'r drain. Gwasgodd yn dynnach yn erbyn y wal a syllu ar y palmant.

Diflannodd y palmant. Yn union o dan ei drwyn ymddangosodd pâr o drenyrs sgryffi gydag ymyl cynfas fawlyd yn hongian uwch eu pennau. Gwasgodd rhywun bamffled i'w law a dweud, 'Darllen e.'

'Fe wna i,' atebodd Sgwid yn swta.

'Nawr.'

Cododd Sgwid ei ben a gweld pâr o lygaid glas disglair yn syllu arno o'r wyneb pwdin reis. O amgylch yr wyneb roedd cnwd o wallt brown, cyrliog, diraen.

'Darllen y pamffled.'

Sglefriodd llygaid Sgwid dros y darn papur. Gwelodd lun amrwd du a gwyn o ddyn yn plygu o dan gwmwl mawr. Roedd ceg y dyn ar agor ac roedd e'n sgrechian.

'Protestio yn erbyn y llong asbestos ŷn ni,' meddai'r dyn-mewn-gwyn.

'Ie,' meddai Sgwid.

'Rwyt ti'n gwbod am y llong sy allan yn y Bae?'

'Ydw.'

'Llong sy wedi dod o Ffrainc i ddympio sbwriel arnon ni?

Nodiodd Sgwid.

'A llygru'n hawyr ni, fel bod pobl yn marw?'

'Ydw, dwi wedi clywed,' meddai Sgwid yn sych. Beth oedd hwn yn wybod am bobl yn marw? Paul Masters. Dustin…

'A does dim ots 'da ti?'

'Oes.' Gwasgodd Sgwid ei ewinedd i'r pamffled. Oedd, roedd ganddo ots. Ond dim nawr!

'Wel, ymuna â ni 'te,' meddai'r dyn. 'Nemo yw fy enw i.'

'Neb,' meddai Sgwid yn wawdlyd. Pysgodyn yn un o ffilmiau Disney oedd Nemo. Betsan ei chwaer oedd wedi dweud wrtho mai ystyr ei enw oedd 'neb'. Triodd wthio'r pamffled yn ôl i law'r dyn.

'Dwyt ti ddim yn trystio Neb?' chwarddodd y dyn.

'Ydw, a dwi wedi darllen y pamffled. Rho fe i rywun arall,' meddai Sgwid gan wneud ymdrech i fod yn foesgar.

Cymerodd Nemo'r pamffled, ei blygu'n ofalus a'i wthio'n chwim i boced Sgwid. 'Os newidi di dy feddwl, mae fy rhif ffôn i ar y gwaelod,' meddai dros ei ysgwydd.

Dihangodd Sgwid, brysio ar draws y stryd ac i gyfeiriad yr orsaf. Cyn i'r protestwyr gymryd eu lle ar y bws, roedd e ar ei ffordd mewn tacsi i lawr i'r Bae.

Gollyngodd y tacsi e y tu ôl i floc fflatiau Gari. Camodd Sgwid drwy fynedfa'r maes parcio, ac edrych i bob twll a chornel.

Doedd y Ferrari ddim yno.

Herciodd yn ei flaen, gyda chysgod yr adeilad yn gorwedd yn drwm ar ei ysgwyddau, fel y cwmwl du ar bamffled Neb. Agorodd y drws gyda sŵn fel anadl, a chlywodd Sgwid eco ei draed yn hedfan drwy'r gofod gwag. Gwasgodd fotwm y lifft, a theimlo'n unig wrth esgyn i'r pumed llawr.

Wrth gamu o'r lifft, fe welodd fod poster bach lliwgar yn sownd o dan ddrws Gari. Arwydd fod y fflat yn wag? Canodd gloch y drws, beth bynnag.

Ar ôl canu'r gloch am yr eildro, aeth at y ffenest a syllu ar y bobl yn ymlwybro ar hyd y cei. Ble oedd Gari? Yn ôl Melissa roedd e wedi mynd yn ôl i'r gwesty am un ar ddeg. Ble aeth e wedyn yn ei gar? At bwy? Tra'n dal i syllu clywodd sŵn grwnan y lifft yn disgyn, ac yna'n ailgodi. Stopiodd y lifft yn ei ymyl, a neidiodd calon Sgwid.

Neidio a suddo. Roedd dau ddyn wedi brasgamu o'r lifft. Er nad oedd iwnifform gan yr un o'r ddau, amhosib cuddio'r ffaith mai plismyn oedden nhw. Safodd y ddau'n stond, ac ar ôl eiliad o syllu gwyliadwrus, nodiodd un at fflat Gari.

'Wyt ti'n byw fan hyn?'

'Na,' atebodd Sgwid a'i geg yn sych.

'Ar dy ffordd i lawr, ife?' Camodd y ddau ddyn o'i ffordd ac amneidio at y lifft.

Daliodd Sgwid ei dir. 'Dwi ddim yn byw 'ma. Des i 'ma i edrych am ffrind.'

'Ffrind?'

'Gari Humphreys.'

'O?' Tynhaodd wynebau'r plismyn. 'Gest ti afael ynddo?'

'Na.' Roedd yr haul, wrth ddisgleirio drwy'r ffenest, yn boeth,

boeth ar war Sgwid, ond symudodd e ddim. 'Pam ych chi yma?'

'Mater personol.'

'Dwi'n nabod Andrews,' meddai Sgwid.

Sgubodd llygaid y dynion drosto.

'Dwi'n nabod Andrews,' meddai Sgwid eto.

'Beth yw dy enw di?'

'Gwydion Beynon.'

'Gideon…?'

'Gwydion Beynon.' Nodiodd yr hynaf o'r ddau ar ei gydymaith, a thra oedd hwnnw'n tynnu'i ffôn o'i boced, yn gwasgu'r botymau, yn mwmian neges, siaradodd yn uchel yng nghlust Sgwid. 'Golygfa braf ynte? Fyddwn i ddim yn meindio byw fan hyn. Dwi'n hoffi hwylio, ond dwi ddim yn cael cyfle heblaw ar lyn. Beth amdanat ti? Wyt ti'n hoffi hwylio?'

Chafodd Sgwid ddim cyfle i ateb, a doedd gan y plismon ddim diddordeb mewn clywed ei atebion ta beth. Dim ond trio boddi llais y llall oedd e. Stopiodd ar unwaith, fel tap, cyn gynted ag i'w fêt ddod i sefyll yn ei ymyl ac estyn y ffôn i Sgwid.

'Gwydion?' meddai llais Andrews.

'Pam mae plismyn wrth fflat Gari?' gofynnodd Sgwid.

'Mae'r Ferrari wedi cael ei ffeindio.'

'Ble?'

'Ger Merthyr.'

'Ger…?' Neidiodd eitem o newyddion i gof Sgwid. 'Wedi llosgi?'

'Ydy….'

'A Gari ynddo?'

'Dydyn ni ddim yn siŵr pwy oedd wrth y llyw,' pwysleisiodd Andrews. 'Ddim yn siwr o gwbl. Gwranda, dwi'n mynd i ofyn i un o'r dynion ddod â ti'n ôl i'r gwesty. Wela i di ymhen ychydig funudau, Gwydion.'

Estynnodd Sgwid y ffôn yn ôl i'r plismon. Roedd ei law yn crynu.

'Dere,' meddai'r plismon yn gysurlon. 'Mae 'na gymaint o geir yn cael eu dwyn. Falle bod dy ffrind di'n iawn.'

Yn iawn ond ymhle? Wrth wibio drwy strydoedd Caerdydd syllodd Sgwid ar yr wynebau'n dirwyn heibio. Gari. Ble oedd e? Ble wyt ti, Gari?

Parciodd y plismon ar y palmant o dan ffenestri'r gwesty. Brysiodd Sgwid drwy'r lobi ac i'r llawr cynta, heb edrych i'r chwith nac i'r dde, a heb deimlo dim ond cyffyrddiad ysgafn y plismon ar ei benelin.

Agorodd Sgwid ei ddrws a sbecian i dywyllwch ei stafell. Safai siâp dyn fel *cut-out* o flaen y llenni caeedig. Yn ei ymyl roedd sgrin y laptop yn wincian. Wrth i Sgwid anelu amdano, trodd Andrews a gwelodd Sgwid ei fod wrthi'n gwglan y geiriau 'Medieval gauntlets'.

'Mae'n ddrwg 'da fi, Gwydion. Fe wnes i fanteisio ar y ffaith fod dy laptop di wedi tanio,' meddai Andrews gan ddiffodd y sgrin, a throi'r teclyn i ffwrdd. Nodiodd ar y plismon, a diflannodd hwnnw gan gau'r drws ar ei ôl.

'Oedd Gari yn y car?' meddai Sgwid, cyn gynted ag iddo fynd.

'Roedd rhywun yn y car.'

'Dwedwch y gwir!'

Cododd Andrews ei law i dawelu'r bachgen. 'Allwn ni ddim dweud pwy yw e. Wir i ti, allwn ni ddim dweud. Eistedda.' Tynnodd y gadair oedd o flaen y ford, a gorfodi Sgwid i eistedd. Eisteddodd o'i flaen ar erchwyn y gwely. 'Pryd gwelest ti Gari ddiwetha?'

'Neithiwr.'

'Be wnaethoch chi?'

'Mynd lawr i'r Bae. Mynd i'w fflat e ac wedyn i gael bwyd.'

'Sut oedd ei hwyl e?'

'Grêt.'

'Rwyt ti'n sylweddoli bod Gari wedi cael dawain car unwaith.'

'Ydw.'

'Pan oedd e tua'r un oedran â ti.'

'Ydw! Ydych chi'n dweud mai Gari oedd yn y car?' llefodd Sgwid.

'Na. Na, dwi ddim,' meddai'r plismon. 'Ond rhaid gofyn

cwestiynau rhag ofn, yn does?'

'Os ydych chi'n meddwl bod Gari wedi crasio'r car yn fwriadol, am ei fod e'n isel ei ysbryd, rydych chi'n anghywir,' meddai Sgwid. 'Yn hollol anghywir. Hollol, hollol.'

Nodiodd y plismon gyda gwên gyflym. 'Dwed be ddigwyddodd neithiwr,' meddai. 'Dwed bopeth rwyt ti'n gofio. Pob manylyn.'

Canolbwyntiodd Sgwid. Roedd hi wedi bod yn noson mor braf, mor ddifyr. Sut oedd cyfleu i Andrews fod Gari mor hapus ag erioed? Fe wnaeth ei orau.

'Ond fe adawodd e di am ddeg o'r gloch, ar ôl parcio'i gar o dan y gwesty?'

'Do, ac fe aeth i gwrdd â Melissa.'

'Melissa?'

Chwilotodd Sgwid am y darn papur â'r rhif ffôn, a gwylio Andrews yn ei roi yn ei boced. Roedd Andrews yn mynd i roi ordors, a gwneud ymchwiliadau. Ond be allai e wneud? Dim! Teimlodd law Andrews yn disgyn ar ei ysgwydd. Roedd y dyn wedi darllen ei feddyliau.

'Gwydion, y peth gorau i ti wneud yw mynd adre i Bencelyn dros dro.'

'Ydy hynny'n golygu bod Gari wedi marw?' crawciodd Sgwid.

'Alla i ddim dweud. Wir! O achos cyflwr y corff, fe gymerith amser i'r patholegwyr ymchwilio. Ond wnaiff hi ddim lles i ti aros fan hyn yn chwalu meddyliau beth bynnag.'

'Beth ych chi'n mynd i ddweud wrth staff y gwesty? Beth ych chi'n mynd i ddweud am Gari?'

'Fe feddyliwn ni am rywbeth dros dro.' Gwasgodd y dyn ei ysgwydd. 'Fe alla i drefnu car i fynd â ti adre.'

'Na.'

'Gwydion...'

'Dim eto.'

'Rywbryd yn ystod y dydd?'

Nodiodd Sgwid yn ddiflas.

'Mae gen i ddyn yn y gwesty,' meddai Andrews. 'Eddie

McPhee. Fe gadwith e lygad arnat ti. Ac os wyt ti eisiau'i ffonio, ffonia fe ar y rhif hwn.' Dododd ddarn o bapur yn llaw Sgwid. 'Dwed wrtho pan fyddi di'n barod i adael, neu os wyt ti'n moyn rhywun i siarad â ti.'

'Diolch.'

'A phaid â digalonni.'

'Na.' Gwenodd Sgwid drwy'i ddannedd.

Gwrandawodd ar sŵn traed Andrews yn cerdded yn dawel tua'r drws, a'r drws yn cau ar ei ôl.

12

Am eiliadau hir eisteddodd Sgwid yn hollol lonydd a gwrando ar ei feddyliau'n troi, yn chwyrnu, yn drysu, fel dillad mewn peiriant golchi. Doedd e ddim eisiau meddwl o gwbl. Roedd e eisiau i'w ymennydd droi'n sgrin wag. Sgrin? Pam oedd Andrews wedi dweud bod ei laptop arno? Celwydd! Roedd e wedi troi'i laptop i ffwrdd. Sawl celwydd oedd Andrews wedi 'i ddweud wrtho? Oedd e wedi dweud celwydd am Gari? Oedd e'n gwybod yn iawn beth oedd wedi digwydd iddo?

Cododd Sgwid, taflu'i hun ar y gwely, a chladdu'i wyneb yn y gobennydd. 'Wyt ti'n hoffi hwylio?' Roedd pethau dwl yn mynnu neidio i'w ben. 'Wyt ti'n hoffi hwylio?' Cwestiwn y plismon i lawr yn y bae. Heblaw yng ngwersyll Glanllyn doedd e erioed wedi cael cyfle i hwylio. A nawr roedd e'n teimlo fel petai e'n suddo. Roedd ei stafell fel ciwb o dawelwch wedi 'i lyncu gan fôr mawr y gwesty.

Rholiodd Sgwid ar ei gefn. Nid hwn oedd y tro cyntaf iddo deimlo fel hyn mewn gwesty.

Llynedd oedd y tro cyntaf.

Llynedd.

Yn Llundain.

Anadlodd Sgwid yn araf, araf, araf.

Llynedd, yn Llundain, yn ystod helynt Dustin Starr, roedd e

wedi cael profiad annifyr iawn mewn gwesty.

Cyd-ddigwyddiad?

Roedd 'na ormod o gyd-ddigwyddiadau. Cododd Sgwid ar ei eistedd a'u rhestru.

Y dyn streipiog

Paul Masters

Gari

A... oedd 'na rywbeth arall?

Disgynnodd llygaid Sgwid ar y laptop. Pam oedd Andrews yn gwglan 'medieval gauntlets'? Neidiodd o'i wely i'r gadair a thanio'i gyfrifiadur.

Draw dros y don mae

Chwyrnodd wrth weld y geiriau twp yn lledu ar draws y sgrin. O leia, roedd y laptop yn gweithio, firws neu beidio. Cliciodd ar y rhyngrwyd a theipio 'medieval gauntlets' i'r blwch chwilio. Anwybyddodd y gwefannau gwisg ffansi, a'r gwefannau actio brwydrau, a dewis eBay. Roedd digon o fenig fan'ny, menig i bob plymer a weldiwr dan haul. Sgroliodd Sgwid drwyddyn nhw, stopio, sgrolio'n ôl, clicio a chwyddo.

Lledodd pâr o fenig hir arian ar draws y sgrin. Menig plastig, oedd yn esgus bod yn lledr. Gorweddai un faneg wyneb i lawr, a'r llall ar ei chefn a'i bysedd tuag i fyny.

Maneg fel 'na oedd yn gorwedd ar wely Gari. Dyna pam oedd Andrews yn gwglan. Maneg milwr oedd hi, nid maneg ddreifio, a go brin mai Gari oedd biau hi. Roedd hi'n llawer rhy hen-fash i Gari a'i Ferrari. Yn yr hen amser, roedd marchogion yn arfer taflu maneg i lawr fel her. *Throw down the gauntlet.* Roedd rhywun wedi dod i mewn i'r Halcyon a gadael y faneg yn bwrpasol ar wely Gari.

Pwy? Ac i herio pwy?

'Nid fi,' sibrydodd Sgwid. 'Petai rhywun am adael neges i fi, bydden nhw wedi ei gadael hi yn...' Llyncodd.

Yn y drych uwchben y bwrdd gwisgo gwyliodd ei wyneb yn cochi.

Roedd 'na neges!

Roedd rhywun wedi bod yn ei stafell, ac wedi gadael neges

ar ei laptop. Nid firws oedd ar ei gyfrifiadur, ac nid Andrews oedd wedi agor y peiriant. Roedd Andrews wedi dweud y gwir.

Cliciodd ar y *screen-saver* a gweld y geiriau'n lledu ar draws y sgrin. Draw dros y don mae.

Mae beth?

Ffoniodd Sgwid ei fam-gu. I lawr y lein daeth llais sionc Dilys Beynon.

'Mam-gu,' meddai Sgwid. 'Gorffennwch y frawddeg 'ma i fi. Draw dros y don mae...'

'Bro dirion,' meddai'i fam-gu ar unwaith.

'Be?'

'Bro dirion.' Chwarddodd Dilys Beynon yn llon. 'Be sy'n bod arnat ti, grwt? Ti ddim wedi darllen 'Ymadawiad Arthur' gan T.Gwynn Jones? "Draw dros y don mae bro dirion, nad ery cwyn yn ei thir..."'

'Na,' meddai Sgwid ar ei thraws.

'Y fro dirion yw Ynys Afallon, t'weld. Fan'ny aeth Arthur ar ôl cael ei glwyfo, er mwyn cael gwella a dod yn ôl yn fyw. Pam wyt ti eisiau gwbod, ta beth?'

'O,' meddai Sgwid. 'Jyst... cwis.'

'Falch dy fod ti'n meddwl am rywbeth heblaw snwcer,' meddai Dilys. 'O, a gyda llaw...' Ochneidiodd. Roedd Gwydion wedi gweiddi 'Diolch' a 'Hwyl fawr' ac wedi datgysylltu'n barod. Roedd hi wedi meddwl dweud wrtho am y tryciau ym mynwent Pencelyn fin nos. Ond ta waeth. Cododd Dilys Beynon ei hysgwyddau a mynd i adrodd 'Ymadawiad Arthur' i Sam y ci.

Yn ei stafell yn yr Halcyon roedd gwefusau Sgwid yn symud. 'Draw dros y don mae bro dirion.' Yn y fro dirion roedd pobl yn gwella o'u clwyfau ac yn dod yn ôl yn fyw. Pam oedd rhywun eisiau gyrru'r fath neges ato fe, Sgwid Beynon?

Am fod Dustin...? Na! Ysgydwodd Sgwid ei ben, a gwasgu'i ddyrnau'n dynn. Dim ots pa mor glyfar na chyfoethog oedd Dustin, allai neb ddod yn ôl yn fyw. Ond roedd rhywun yn defnyddio Dustin i'w ddychryn. Ac yn defnyddio Arthur. Arthur Frenin, arwr arddangosfa *Fe ddaeth yr awr.*

Cliciodd Sgwid ar wefan yr arddangosfa, a gwylio llun wyneb creithiog yn llenwi'r sgrin. Sgubodd yr wyneb i ffwrdd a sgrolio drwy'r tudalennau nes sylwi ar enw cyfarwydd. Paul Masters. Paul Masters oedd yn gyfrifol am fawd y brenin. Neu'n hytrach, bawd yn perthyn i filwr cyfoethog oedd wedi marw yng Ngwlad yr Haf tua 1,500 o flynyddoedd yn ôl. Paul Masters oedd wedi cludo'r bawd i'r Senedd fis Gorffennaf.

Roedd Paul wedi trefnu i fynd i'r Senedd ddoe hefyd. Pam? Diffoddodd Sgwid ei laptop a chodi ar ei draed. Roedd e'n mynd i chwilio am yr ateb ym Mae Caerdydd.

Stwffiodd ei waled i'w boced ac anelu am y drws. Ar y ffordd teimlodd ei stumog yn crynu fel balwn. Aeth i nôl bar o siocled o'r oergell, a chyda'r siocled yn toddi ar ei dafod, gadawodd ei stafell a mynd i sbecian dros y landin.

Roedd y lobi islaw'n brysur. Disgynnodd Sgwid y grisiau, a sleifio drwy'r dorf cyn i neb ei stopio, a holi am Gari. Ond o'r landin uwchben roedd Eddie McPhee yn ffonio'i gydweithiwr yn y caffi gyferbyn. 'James? Mae e'n gadael.'

'Iawn.' Llyncodd James y diferyn olaf o goffi oedd wedi hen oeri. Gadawodd i Sgwid droi'r gornel, ac yna fe'i dilynodd tuag at y castell ac arhosfan y bws.

Ymhen chwarter awr, roedd e'n ffonio Andrews o'r Bae. 'Newyddion drwg. Mae e ar ei ffordd i'r Senedd.'

Rhegodd Andrews. Nid mynd draw i'r Senedd i ddysgu am waith Cynulliad Cymru oedd Gwydion Beynon. Beth oedd yn bod ar y bachgen? Roedd gan Andrews ddigon o gur pen, heb orfod cadw llygad ar Gwydion Beynon. 'Gwranda,' meddai wrth James.

Ar ôl rhoi cyfarwyddiadau i James, cysylltodd Andrews ag Alwena Green.

Wrth frasgamu drwy ardal y Bae, cipedrychodd Sgwid i gyfeiriad fflat Gari. Roedd y llenni ar gau. Suddodd ei ben rhwng ei ysgwyddau. Doedd e ddim yn fodlon derbyn bod Gari wedi marw. Dim eto.

Neithiwr roedd e a Gari wedi cael cymaint o hwyl yn loetran

rownd y Bae. Nawr roedd 'na si fygythiol o gwmpas y lle, a'r cei'n fwrlwm o gotiau melyn, o ddynion mewn iwnifform ac o brotestwyr mewn cynfasau gwynion. Eisteddai'r protestwyr yn un haid fawr ar y palmant, wedi eu corlannu rhwng ffensys.

Yn wahanol i'r cei roedd y cwrt o flaen y Senedd bron iawn yn wag, heblaw am haid o fenywod yn sefyll ar waelod y grisiau. Roedd un a'i llaw yn yr awyr yn chwifio camera. Wrth i Sgwid drio brysio heibio, fe gydiodd yn ei fraich a gwthio'r camera i'w law.

'Tynna'n llun ni, wnei di, bach?' gofynnodd, a dianc yn ôl at ei ffrindiau.

Arafodd Sgwid, a'i anadl yn hisian drwy'i ddannedd.

'On'd yw hi'n cheeky,' galwodd menyw fawr mewn ffrog fel pabell. 'Ti'n cheeky, Jên,' ychwanegodd, gan roi pwt i berchennog y camera oedd newydd gymryd ei lle wrth ei hochr.

'Mae'n iawn,' meddai Sgwid yn frysiog. Cododd y camera at ei lygaid, a syllu ar ddwy res o fenywod canol oed. 'Caws!' galwodd.

'Cig, 'chan,' protestiodd y fenyw fawr. 'Yn Gymraeg 'cig' yw'r gair sy'n gwneud i ti ddangos dy ddannedd. Neu 'pys' os wyt ti'n feji.'

Daeth corws o 'cig' a 'pys' o'r grisiau a gwenodd ugain set o ddannedd ar Sgwid.

Tynnodd Sgwid dri llun, a gostwng y camera.

'Diolch, bach,' meddai Jên, gan ddod i nôl y teclyn. 'Beth yw dy enw di?'

'Gwydion.'

'Diolch, Gwydion.'

Trodd y grŵp, ac fel rhyw amoeba enfawr, fe gaeon nhw am Sgwid a'i lyncu'n grwn, cyn iddo gael cyfle i ddianc. Roedden nhw wedi dod am drip o Sir Benfro, egluron nhw wrth fynd lan y grisiau, trip wedi ei drefnu gan Marina Price, eu Haelod Cynulliad, chwe mis yn ôl. Roedd Marina wedi torri ar draws ei gwyliau, ac wedi mynnu bod yr Heddlu yn eu gadael i mewn, er bod yr adeilad ar gau i bawb arall o achos agoriad yr arddangosfa.

'Co hi!' galwodd rhywun. 'Co Marina!'

Yng nghyntedd y Senedd roedd rhywbeth pinc yn symud.

Sglefriodd y pincrwydd ar hyd y ffenestri, ac allan drwy'r drws daeth Marina Price, pin-yp y Cynulliad, yn ei siwt drendi lachar, a'i chyrls du yn sboncio fel sbrings ar ei hysgwyddau. Plymiodd i ganol merched Sir Benfro ac ar ôl lot o sŵn a lot o gusanu, fe'u sgubodd i mewn i'r adeilad, heibio i'r swyddogion wrth y drws, gyda Sgwid yn eu canol.

'Wel, beth ych chi'n feddwl?' gofynnodd Marina, pan stopiodd pawb yn stond.

'Dwi'n meddwl ein bod ni wedi camu i mewn i balas Camelot,' sibrydodd menyw fach dwt, gan syllu'n geg-agored ar y rhesi o faneri sidan oedd yn llenwi'r cyntedd.

'Dim ond dros dro fydd y cyntedd yn edrych fel hyn,' meddai Marina Price, gan fwynhau'r syndod ar wynebau pawb. 'Dim ond tan bydd y Cynulliad yn ailymgynnull. Ond mae'n braf, yn dyw e?'

'Sbesial,' meddai Jên.

'Os ych chi'n meddwl bod hwn yn sbesial, fe fyddwch chi'n cael modd i fyw pan welwch chi'r arddangosfa ei hun,' meddai Marina. 'Wir i chi, mae mor wych, mae'n gwneud i chi grynu o'ch pen i'ch traed.'

Trodd pawb i edrych ar y pafiliwn glas canoloesol y tu ôl i'w sgrin wydr. 'Ydy hi'n bosib i ni gael pip fach ar yr arddangosfa nawr?' gofynnodd llais gobeithiol.

'Yn anffodus, na,' ochneidiodd Marina Price 'Rydych chi ddiwrnod yn rhy gynnar. Ond…' Edrychodd dros ei hysgwydd. Roedd menyw dal, osgeiddig mewn siwt lwyd, yn dod i lawr y grisiau. 'O, am drît fach, falle licech chi gwrdd â'r trefnydd, Alwena Green. Hi yw'r brêns y tu ôl i'r arddangosfa. Alwena!' galwodd.

Roedd Alwena Green yn syllu ar ei Blackberry. Neidiodd ei phen fel pen pyped.

'Dere 'ma am funud, Alwena,' meddai Marina. 'Ffrindiau o Sir Benfro eisiau cwrdd â ti.'

Gwthiodd Alwena Green ei Blackberry i'w bag, a brysio i roi gwên ar ei hwyneb.

'Mae Alwena wedi bod yn gwneud gwyrthiau dros y misoedd

diwetha 'ma,' meddai Marina, gan afael ym mraich y trefnydd a'i harwain tuag at yr ymwelwyr. 'Byth ers i'r Cynulliad benderfynu nodi mil a phum canmlwyddiant buddugoliaeth y Brenin Arthur ym Mynydd Baddon, mae Alwena wedi bod wrthi fel lladd nadroedd yn casglu deunyddiau, yn dwyt ti, Alwena?'

'Wel, mae pawb wedi bod yn glên iawn,' meddai Alwena'n wylaidd. 'Mae amgueddfeydd a sefydliadau ar draws Ewrop a'r Unol Daleithiau wedi bod yn fwy na pharod i roi benthyg eu trysorau i ni.'

'Ond ti sy wedi trefnu nhw,' meddai Marina. 'A phan welwch chi sut mae hi wedi'u trefnu nhw – Waw!' Crynodd Marina'n ddramatig. 'Rhaid i chi addo dod yn ôl i weld yr arddangosfa,' meddai wrth y merched. 'Mae mor ffantastig, mae raid i chi ddod i'w gweld. Chi'n addo?'

Nodiodd y merched.

Nodiodd Sgwid yn fwy eiddgar na neb.

Trodd Alwena Green tuag ato. 'A beth yw dy ddiddordeb arbennig di yn yr arddangosfa?' gofynnodd.

'Y bawd,' atebodd Sgwid.

'Bawd!' gwichiodd Jên. 'Be ti'n siarad?'

'Bawd sy'n dyddio o oes Arthur yw e,' eglurodd Sgwid. 'Cafodd ei ffeindio mewn cors yng Ngwlad yr Haf. Roedd e'n perthyn i filwr cyfoethog, ond does neb yn gwybod pwy. Felly mae'n bosib mai bawd Arthur yw e.'

Nodidd Alwena Green yn falch. 'Mae gyda chi ddyn ifanc gwybodus iawn fan hyn,' meddai wrth y merched.

'Oes,' cytunodd Jên. 'Ond nid ein dyn ifanc ni yw e, cofiwch. Dim ond wedi ei fenthyg e ŷn ni.'

'Benthyg?'

'Ffeindion ni fe ar stepen y drws,' eglurodd ei ffrind.

'Ar stepen y drws?' meddai Marina Price yn siarp.

'Mas fan'na,' meddai Jên. 'ŷn ni wedi 'i fabwysiadu e, am ei fod e mor olygus.'

Chwarddodd pawb ond Marina Price. Roedd yr Aelod Cynulliad yn syllu'n amheus ar Sgwid, a'i thalcen tlws yn llawn crychau.

'Wel,' meddai gan droi'i phen mor sydyn nes bod y cyrls yn dawnsio, 'mae'n bryd i ni, ferched, ei symud hi. Ŷn ni'n mynd i ddechrau lan stâr. Barod, bawb?' Estynnodd ei braich i sgubo'r menywod at y grisiau, gan wneud yn siŵr ei bod hi'n gwahardd Sgwid. Ar yr un pryd amneidiodd ar y swyddog wrth y drws. Dechreuodd y swyddog symud tuag at Sgwid, ond symudodd Alwena Green yn gynt.

'Mae'n braf gweld dyn ifanc â chymaint o ddiddordeb mewn hanes,' meddai'n uchel, gan afael yng ngarddwrn Sgwid.

Oedodd y swyddog, ond gydag un edrychiad gyrrodd Alwena e i ffwrdd.

'Rwyt ti'n ein gadael ni 'te?' galwodd Jên o'r grisiau.

'Ydw. Sori,' meddai Sgwid. 'Roedd hi'n braf iawn cwrdd â chi.'

'Hy! Dwyt ti ddim yn edrych yn sori o gwbl,' pryfociodd y fenyw fawr wrth stopio i gael ei gwynt. 'Watsiwch chi fe,' meddai wrth Alwena.

'O fe wna i,' atebodd Alwena'n bendant. 'Fe wna i.'

Teimlodd Sgwid ddau fys yn tynhau am ei arddwrn. Roedd Alwena Green yn aros i'r merched fynd o'r golwg. Cyn gynted ag y cyrhaeddon nhw dop y grisiau, fe ollyngodd ei gafael a sibrwd, 'Os wyt ti eisiau gweld y bawd, fe ddangosa i e i ti. Doeddwn i ddim eisiau dweud o flaen y lleill.'

'O, diolch!' meddai Sgwid.

'Mae'n bwysig iawn fod pobl ifainc yn ymddiddori yn ein hetifeddiaeth,' meddai Alwena Green gan droi ar ei sawdl. 'Dere.'

Roedd yr haul yn disgleirio ar Fae Caerdydd, a chyntedd y Senedd yn fwrlwm o liw. Dilynodd Sgwid y trefnydd rhwng y rhesi o faneri sgleiniog, heibio i'r gwylwyr sur a llonydd, tuag at y sgrin ddiogelwch oedd yn gwarchod y pafiliwn. Gwasgodd Alwena Green ei llaw ar y peiriant adnabod, ac agorodd drws. 'Mewn â ti,' meddai gan sgubo Sgwid o'i blaen.

Wrth i'r drws gau ar eu holau, gwibiodd pelydryn o haul fel mellten ar hyd-ddo, ac mewn fflach ddramatig o olau, camodd Sgwid drwy fynedfa'r pafiliwn ac i mewn i ogof Arthur.

'Wel?' sibrydodd Alwena Green.

Ddwedodd Sgwid 'run gair. Dim rhyfedd fod Marina'n crynu, ac yn canmol yr arddangosfa. Mewn un eiliad roedd e'n teimlo fel petai e wedi camu i fyd arall. Roedd e'n sefyll mewn ogof lwydlas, oedd yn llawn o drysorau'n wincian. Ac roedd yr ogof yn anadlu!

aaaaaaaaaaaaaaaaa aaaaaaaaaaaaaaaaaa.

'Beth yn union yw'r sŵn 'na?' sibrydodd.

'Fe gei di weld nawr,' meddai Alwena. Dododd ei llaw ar ei ysgwydd a'i gyfeirio ar hyd llwybr serennog oedd yn cordeddu rhwng y creigiau, nes troi cornel gyfyng a dod i olwg cilfach.

Safodd Sgwid, a'i draed wedi glynu wrth y llawr. Yn cysgu blith draphlith yn y gilfach roedd degau o filwyr garw. Hologramau oedden nhw, ond hologramau mor hynod o real ac ysgytwol allai e ddim mynd gam ymhellach rhag ofn damsgen arnyn nhw. Yn ddiogel uwchben, ar orsedd o graig, gorweddai'r brenin Arthur ei hun, ei wallt euraid yn hongian fel llen ar draws ei wyneb, a'i frest yn codi ac y gostwng.

aaaaaaaaaaaaaaaaa aaaaaaaaaaaaaaaaaa.

Sŵn anadl y brenin a'i filwyr oedd yn llenwi'r ogof.

'Wnawn ni mo'u deffro nhw heddi,' sibrydodd Alwena.

'Ydyn nhw'n gallu deffro?'

'O, ydyn. Pan fydd y gloch yn canu, maen nhw'n codi o'r llawr.'

'Waw!' meddai Sgwid.

'Myfyrwyr lleol sy'n actio'r cymeriadau,' meddai Alwena. 'Fe fuon nhw draw 'ma ddydd Sadwrn yn gweld yr hologramau am y tro cyntaf. Petait ti'n byw yng Nghaerdydd, gallet ti fod wedi bod yn un ohonyn nhw.'

'Waw!' meddai Sgwid eto.

'On'd yr Arthur byw yw dy ddiddordeb penna di, ontefe, Gwydion?' sibrydodd Alwena Green.

Syllodd Sgwid i lygaid y trefnydd a theimlo ias yn rhedeg i lawr ei gefn. Yn y golau llwydlas roedd wyneb Alwena fel wyneb gwrach. Ac mi oedd hi'n wrach. Sut oedd hi'n gwybod ei enw?

'Chi'n sôn am y bawd?' gofynnodd yn ofalus.

'Wrth gwrs,' meddai Alwena. 'Y bawd yw'r unig ddarn o'r dyn byw sy'n dal ar ôl. Hwnnw rwyt ti am weld, ontefe? Dere.' Trodd a brysio yn ei blaen ar hyd y llwybr serennog.

'O'n i'n nabod Paul Masters,' meddai Sgwid wrth frysio ar ei hôl.

'Druan â Paul.'

'Roedd Paul i fod dod i'ch gweld chi ddoe, yn doedd?'

'Oedd.'

'Pam?'

'Roedd e'n dod i tshecio ar yr arddangosfa,' meddai Alwena, gan stopio'n sydyn. O'i blaen roedd golau glaswyn yn byrlymu dros y creigiau.

'Y bawd yn arbennig?' gofynnodd Sgwid.

'Y bawd ymysg pethau eraill,' meddai Alwena, gan symud o'i ffordd.

Cripiodd Sgwid heibio iddi a syllu ar y pwll o ddŵr llachar oedd yn gorwedd rhwng y creigiau. O ganol y pwll, mewn tonnau o olau, codai cleddyf hardd a'i lafn yn disgleirio fel aur pur. Roedd llaw yn gafael yn y carn, ac yn sownd wrth y llaw un bawd du.

'Bawd byw y brenin,' sibrydodd Alwena. 'Hwn wyt ti eisiau, ontefe, Gwydion? Cer yn nes i ti gael ei weld e. Cer yn nes!'

Clywodd Sgwid ei llais yn codi, a'i dwylo'n anelu amdano, ond cyn iddo allu symud o'i ffordd, cafodd hwb egr. Baglodd yn ôl a disgyn yn boenus ar bentwr o gerrig, gyda sŵn cloch larwm yn sgrechian uwch ei ben

Neidiodd ar ei draed ar ras ac anelu am y drws. Roedd Alwena wedi diflannu, ond clywodd hi'n sgrechian: 'Y bachgen! Mae e'n trio difetha'r bawd!' Wrth rowndio craig gwelodd haid o swyddogion yn rhuthro drwy'r fynedfa. *Set-up*! Roedd Alwena wedi'i dwyllo. Paniciodd, a chilio i gornel dywyll. Gwasgodd ei hun yn erbyn craig a gwylio golau'r tortshys yn cris-croesi uwch ei ben.

Daeth y tortshys yn nes. Sleifiodd Sgwid o'u ffordd fel cysgod, ei galon yn curo fel drwm a sŵn anadlu cynhyrfus yn chwyrlïo o'i gwmpas fel storm fawr.

aaaaaaaaaaaaaaaaa aaaaaaaaaaaaaaaaa aaaaaaaaaaaaaaaaa

Roedd y pafiliwn cyfan yn ferw o swn ac o symud. Roedd cysgodion yn byrlymu i fyny'r waliau. Milwyr Arthur wedi 'u deffro gan y gloch ac yn codi! Clywodd Sgwid ei helwyr yn gweiddi'n syn ar ei gilydd, a phelydrau eu tortshys yn crynu wrth i'r hologramau cawraidd ymestyn uwch eu pennau.

Nawr oedd ei gyfle i ddianc. Plygodd yn ei gwrcwd, gan feddwl gwibio i gyfeiriad y drws. Ond cyn iddo symud cam, atseiniodd bloedd fyddarol drwy'r ogof, a chododd rhith y brenin Arthur o'i orsedd o graig.

Wrth i hologram y brenin wibio tuag at y to, disgynnodd golau tortsh ar Sgwid, a rhuthrodd hanner dwsin o ddynion i'w amgylchynu.

Ond prin y teimlodd Sgwid y dwylo'n gafael ynddo, na chlywed eu lleisiau yn ei glustiau. Roedd e'n syllu ar yr wyneb dychrynllyd o dan y goron frenhinol.

Nid wyneb hen frenin canoloesol oedd e.

Yn sgyrnygu arno o'r to roedd wyneb cyfarwydd Dustin Starr.

13

Hunlle?

Deg munud ar ôl i'r swyddogion ei ddal, roedd Sgwid yn teithio drwy strydoedd Caerdydd yng nghefn tacsi, oedd ddim yn dacsi o gwbl.

Er lles yr arddangosfa roedd y swyddogion wedi ei gyrchu i lawr y grisiau at y 'tacsi' gyda gwenau serchog ar eu hwynebau.

'Agor di dy big, ac fe fydd hi'n ddrwg arnat ti,' meddai un ohonyn nhw.

Doedd Sgwid ddim wedi agor ei big. Roedd e'n dal mewn sioc. Oedd e wedi gweld wyneb Dustin Starr? Neu dychmygu oedd e? Yn ôl Alwena Green, myfyrwyr oedd wedi chwarae rhan Arthur a'i filwyr. Oedd 'na fyfyriwr yng Nghaerdydd oedd yn debyg i Dustin Starr? Syllodd Sgwid ar y poster mawr o Arthur oedd yn hongian ar draws yr hewl. Roedd ceg yr Arthur hwnnw ar agor i roi bloedd a'i wallt yn chwipio am ei wyneb. Anodd dweud ai'r un Arthur oedd e ag Arthur yr hologram.

Trodd Sgwid at y ditectif yn ei ymyl. Hertford oedd ei enw. Roedd e'n gwisgo jîns du, crys du a siaced, ac roedd ganddo ffôn a waled Sgwid yn ei feddiant.

'Ife un o ddynion Andrews ych chi?' mentrodd Sgwid.

Dal i syllu'n syth yn ei flaen wnaeth Hertford.

'Dwi eisiau gair ag Andrews,' meddai Sgwid. 'Mae'n bwysig. Dwi'n ei nabod e. Mae ei rif e ar fy ffôn i, os edrychwch chi.'

Edrychodd Hertford ddim nac ateb chwaith.

Mewn tawelwch, heblaw am rwnan yr injan, teithiodd y tacsioedd-ddim-yn-dacsi yn ei flaen. Syllodd Sgwid drwy'r ffenestri tywyll a gweld dim byd ond wyneb Dustin Starr yn hofran o flaen ei lygaid.

Arafodd y tacsi a throi i'r dde. Roedden nhw wedi cyrraedd un o faesdrefi Caerdydd, ac yn gyrru drwy fynedfa i iard warws. Roedd barrau dros ffenestri'r warws, a chamerâu rownd yr iard. Stopiodd y tacsi'n union o flaen drws. Cyn gynted ag i'r tacsi stopio, rhoddodd Hertford blwc i'r cyffion oedd yn ei gysylltu â Sgwid. Llithrodd Sgwid dros y sedd, allan o'r car, drwy'r drws ac i mewn i goridor cyfyng.

I'r chwith o'r drws roedd grisiau concrit. Symudodd e a Hertford yn lletchwith lan y grisiau, a glanio mewn coridor arall lle roedd pob ffenest wedi 'i pheintio'n ddu, a rhes o fylbiau noeth yn taenu'u cysgodion dros y waliau.

Gwthiwyd Sgwid i stafell fechan, gydag un ffenest lychlyd yn edrych dros lawr eang y warws. Drwyddi gwelodd blismyn yn sefyllian wrth beiriant coffi, cyn i Hertford gau'r llenni.

Datododd y ditectif y cyffion. 'Eistedd.'

Eisteddodd Sgwid ar gadair sigledig o flaen bwrdd picnic sigledig. Eisteddodd y ditectif gyferbyn ar yr un gadair arall. Dyn ifanc oedd e. Tua 27, 28, falle, meddyliodd Sgwid. Acen Caerdydd.

'Dwi'n nabod Andrews,' meddai Sgwid.

'Dwedest ti hynny.'

'Ble mae Andrews?'

Dim ateb.

'Mae gen i neges bwysig.'

Symudodd pen y ditectif y mymryn lleia. Edrychai ei ben crwn yn rhy fawr i'w gorff gwydn. 'Siarada di â fi gynta, Gwydion,' meddai. Y pwyslais ar y Gwydion.

'Os nad ych chi'n fodlon i fi roi neges i Andrews, wnewch chi roi neges iddo?' meddai Sgwid.

Dim ond syllu arno wnaeth y dyn. Gwasgodd Sgwid ei ddyrnau. Roedd e wedi addo i Andrews flwyddyn yn ôl i beidio â dweud wrth neb am Dustin Starr. Ac roedd 'neb' yn cynnwys y ditectif o'i flaen.

'Wnewch chi ddweud wrtho mai Arthur yw seren yr arddangosfa?' meddai Sgwid. 'Cofiwch y gair 'seren'.'

Gwelodd yr olwg ddirmygus yn llygaid glas-olau'r ditectif.

'Mae'n bwysig,' mynnodd Sgwid.

Nodiodd y ditectif, a dal i'w wylio.

'Yn bwysig iawn.'

'Yn bwysig i ti, Gwydion?'

'Ac i Andrews.'

'Mae Arthur yn bwysig i ti, am dy fod ti'n Gymro. Ydw i'n iawn?'

Ochneidiodd Sgwid.

'Mae Gwydion yn enw Cymraeg,' meddai Hertford cyn iddo gael cyfle i ddweud gair.

'Ydy.'

'A dwyt ti, Gwydion Beynon, ddim yn hapus fod Lance Morden, Prif Weinidog y Deyrnas Unedig, yn agor arddangosfa *Fe ddaeth yr awr*. Un o'r Sacsoniaid yn agor arddangosfa Arthur.'

'Be?'

'Dwyt ti ddim yn hapus…'

'Does 'da fi ddim uffern o ots beth mae Lance Morden yn ei wneud,' ffrwydrodd Sgwid.

'Dim uffern o ots?' meddai'r ditectif yn hamddenol. 'Achos mai Sais yw Lance Morden?'

'Rwtsh!'

'Rwyt ti eisiau difetha'r arddangosfa, am mai Lance Morden sy'n ei hagor.'

'Does gen i ddim uffern o ots p'un a yw Lance Morden yn agor yr arddangosfa ai peidio!' gwaeddodd Sgwid. Roedd e wedi neidio ar ei draed ac yn gafael yn dynn yn ymyl y ford. Petai e'n gollwng gafael, byddai'i ddwrn yn siwr o sblatio'r wyneb smyg o'i flaen. 'A Sgwid mae fy ffrindiau'n fy ngalw i, fel mae'n digwydd, er dwyt ti ddim yn ffrind, felly Gwydion ydw i i ti. Ond Sgwid ydw i fel arfer. Iawn? A wnes i ddim cyffwrdd â dim yn yr arddangosfa. O'n i yn yr arddangosfa i drio helpu fy ffrind.'

'A pha ffrind oedd hwnnw?'

'Gari Humphreys'

'Gari…?' Rhewodd wyneb y directif. Roedd e newydd glywed newyddion syfrdanol am Gari Humphreys. Ei Ferrari wedi llosgi'n ulw ym Merthyr, a chorff wrth y llyw. Ond nid corff Humphreys oedd e. Roedd y patholegydd newydd gadarnhau hanner awr yn ôl mai corff bachgen pedair ar ddeg oed o Gaerdydd oedd e. Yn ôl ffrind y bachgen oedd wedi cael ei daflu allan o'r car yn gymharol ddi-anaf, roedden nhw wedi darganfod y Ferrari yn ardal y Bae ychydig cyn hanner nos neithiwr, ei ddrws ar agor a'r allwedd ar y sedd flaen. Roedd Heddlu De Cymru a'r gwasanaethau cudd wrthi'r funud hon yn cribinio'r ddinas am Gari Humphreys.

'Beth wyt ti'n wybod amdano?' crawciodd Sgwid.

'Dim.' Caeodd Hertford ei wefusau'n dynn.

'Oes newyddion amdano? Dwed y gwir!'

'Dwi ddim yn gwbod,' atebodd y directif yn swta. 'Dwi…'

Trio cael ateb oedd Sgwid. Dim ond trio cael ateb. Doedd e ddim wedi bwriadu gwneud niwed i'r directif. Ond wrth iddo afael yn dynn yn y ford, fe blygodd y ford dan ei bwysau, neidio fel petai ar sbrings a rhoi clec i Hertford dan ei ên. Suddodd cadair y directif oddi tano a'i hyrddio yn erbyn y wal. Wrth i'r directif lithro'n ddiymadferth i'r llawr a'i ffôn yn canu yn ei boced, rhuthrodd Sgwid am y drws a'i heglu hi lawr y grisiau at y drws oedd yn arwain i'r iard.

Roedd y drws ar glo.

Allai Sgwid mo'i agor.

Doedd dim amdani ond troi tuag at y stafell fawr yng nghanol y warws lle roedd e wedi gweld y plismyn yn sgwrsio ac yn yfed coffi. Wrth gerdded i mewn, fe wthiodd ei law i'w boced ac esgus tynnu allan ddyrnaid o arian. Gan esgus chwilota am newid i brynu coffi, cerddodd Sgwid ar draws y warws ac allan drwy'r drws agored y pen draw. Ymhen dim roedd e wedi troi heibio i gornel yr adeilad, croesi'r iard ac yn anelu am yr hewl fawr.

Yn y stafell ar lawr cynta'r warws roedd Hertford yn stwyrian. Yn rhywle roedd ei ffôn yn canu, ond wyddai e ddim sut i ateb gan fod ei ben yn troi.

Newydd godi ar ei liniau oedd e, pan daflwyd drws y stafell ar agor.

'Hertford!' gwaeddodd llais un o'i gyd-dditectifs. 'Mae e ar y llawr, syr,' gwaeddodd i'r ffôn. 'Hertford, ble mae Gwydion Beynon?'

'Gwydion?' Caeodd Hertford ei lygaid a rhwbio'i ben. 'Gwydion!' ebychodd, wrth i'r cof ffrydio'n ôl. 'Mae e wedi dianc!'

'Mae Gwydion Beynon wedi dianc, syr,' cyfarthodd y ditectif. 'Wedi ymosod ar Hertford a dianc.'

'Daliwch e!' gwaeddodd y llais o ben draw'r ffôn. 'Daliwch e ar bob cyfri.'

14

Trawodd Andrews ei ddwrn ar lyw ei gar.

Allai e ddim deall!

Roedd e wedi trefnu i arestio Gwydion er mwyn ei gadw'n saff. Roedd e wedi llwyddo i berswadio Alwena Green fod Gwydion yn mynd i drio dwyn o'i harddangosfa, a hithau wedi cytuno i chwarae ei rhan. A nawr roedd Gwydion wedi dianc.

Allai e ddim credu.

Allai e ddim credu chwaith ganlyniadau'r profion diweddara oedd wedi cyrraedd bum munud yn ôl o'r labordy fforensig yng Nghaerdydd. Roedd yr ôl-sioc yn dal i redeg drwy'i gorff.

Roedd ei ymchwilwyr wedi llwyddo i adnabod set o olion bysedd o'r arddangosfa i lawr yn y Bae, a hefyd ar boster *Fe ddaeth yr awr* oedd yn gorwedd o dan ddrws fflat Gari Humphreys. Evans oedd y dyn oedd wedi ffonio â'r newyddion. Dyn cadarn di-emosiwn oedd Evans. Gwyddonydd i'r carn, os bu un erioed.

'Wyt ti'n eistedd i lawr?' gofynnodd Evans iddo.

Snwffiodd Andrews. 'Be?'

'Ŷn ni wedi ffeindio match ar DOT.'

'A!' Cyffrôdd Andrews drwyddo. Roedd gan Evans gronfa ddata ar wahân i'r databas troseddwyr cenedlaethol. DOT. *Database of Terrorists.* 'Ie? Pwy?'

'Rhywun sy wedi marw,' meddai Evans.

Teimlodd Andrews fel pe bai dwrn wedi ei daro yn ei fol.

'Dim...?'

'Ie,' meddai Evans. 'Dustin Starr.'

Eiliad neu ddwy o dawelwch o ben draw'r lein. Yna: 'Mae'n amhosib!' rhuodd Andrews. 'Oes rhywun wedi ymyrryd â'r gronfa ddata?'

'Na,' meddai Evans yn bendant.

'Ond mae Starr wedi marw. Wedi marw ymhell cyn i'r arddangosfa gael ei threfnu!' meddai Andrews.

'Wel...' Roedd Evans yn ddi-ildio. 'Falle wrth gwrs mai hen brintiadau ydyn nhw. Mae modd codi hen brintiadau a'u trosglwyddo i rywle arall. Neu... wyt ti wedi ystyried falle bod gan Starr efaill?'

'Efaill?' Yn syth ar ôl diffodd y ffôn, fe gysylltodd Andrews â'i bencadlys a gofyn i'w staff ymchwilio i deulu Dustin Starr. Yna fe redodd at ei gar. Efaill, neu rywun yn chwarae triciau cyfrwys? Beth bynnag oedd yn digwydd, roedd Gwydion mewn perygl go iawn.

Roedd ei ddynion wedi mynd â Gwydion i'r HQ dros dro, gan feddwl ei fod yn genedlaetholwr â'i fryd ar brotestio yn erbyn ymweliad y prif weinidog. Chwarddodd Andrews yn sych. Trueni na fyddai pethau mor rhwydd â hynny!

Ond doedden nhw ddim yn rhwydd.

Doedden nhw ddim yn rhwydd o gwbl. Erbyn i Andrews gysylltu â'r HQ, roedd Gwydion Beynon wedi ymosod ar Hertford ac wedi diflannu i strydoedd y ddinas.

Gwelodd Sgwid y ceir du yn gwibio drwy fynedfa'r warws. Doedd e ddim wedi mynd ymhell iawn. Ar ôl gadael y warws, roedd e wedi rhedeg i'r dde, i gyfeiriad canol y ddinas, yng ngolwg y camera CCTV, ac yna wedi dyblu'n ôl ar hyd y strydoedd cefn. Nawr roedd e o fewn ergyd carreg i'r warws ond yn symud i gyfeiriad gwahanol, yn cerdded yn hamddenol a'i ên ar ei frest a'i wefusau'n symud fel petai'n gwrando ar iPod.

Doedd ganddo ddim iPod. Doedd ganddo ddim ffôn. Colli'r ffôn oedd y peth gwaetha. Roedd ei waled wedi mynd hefyd, ond o leia roedd ganddo gerdyn banc. Roedd y cerdyn ym mhoced isaf ei drywsus, ac yn clecian yn gysurlon yn erbyn ei goes. Joe oedd wedi ei gynghori, ar ôl profiad anffodus yn Sbaen. 'Paid byth â rhoi dy arian a dy gardiau i gyd yn un man.'

'Diolch Joe.' Anfonodd Sgwid neges anweledig i'w ffrind. Un arall o gynghorion Joe oedd, 'Paid byth â dangos bod ofn arnat ti.' Croesi cae yn llawn o wartheg corniog oedd Sgwid pan gafodd e'r cyngor hwn, ond roedd e 'run mor berthnasol ar gae pêl-droed, neu wrth groesi sgwâr Pencelyn yn hwyr ar nos Sadwrn.

Neu nawr.

Plyciodd Sgwid ei gerdyn o'i boced a chamu allan i stryd fach brysur. O fewn hanner munud roedd e wedi darganfod peiriant arian, a hwnnw wedi poeri £50 i'w law. Gyda'r arian yn ei ddwrn aeth Sgwid i mewn i'r siop ddillad drws nesa a dewis crys-T plaen llwyd-olau gyda hwd. O fewn dwy funud o adael y siop, roedd e wedi troi i mewn i barc, a thu ôl un o'r llwyni wedi tynnu ei grys-T du ei hun a'i gyfnewid am yr un llwydolau. Gyda lwc fe gadwai hwnnw fe'n saff am ychydig. Taflodd y crys-T du i'r bin. Rywsut roedd raid iddo gadw'i draed yn rhydd a ffeindio'i ffordd yn ôl i'r Bae. Fan'ny oedd Arthur. Fan'ny oedd wyneb Dustin Starr. I fan'ny roedd y neges ar ei gyfrifiadur wedi 'i arwain. Ac ar ôl mynd i'r Bae, be wedyn? Disgwyl am neges arall?

Ond yn gynta roedd e am rybuddio Andrews, rhag ofn i Hertford druan fethu. Anelodd am fenyw ifanc yn gwthio babi drwy'r parc. Syllodd honno'n amheus ar ei wyneb coch, chwyslyd.

'Esgusodwch fi,' meddai Sgwid. 'Ble mae'r ffôn agosa?'

'Ffôn?' Camodd y fenyw oddi ar y llwybr i'w osgoi.

'Ffôn cyhoeddus.'

'O.' Edrychodd y fenyw dros ei hysgwydd, a dal i symud. 'Falle bod un yn y llyfrgell draw fan'na.' Fflapiodd ei braich.

Roedd adeilad sgwâr unllawr y llyfrgell yn swatio yng nghornel y parc. Torrodd Sgwid ar draws y borfa ac aros yn ddiamynedd i'r drws electronig agor a'i ollwng i mewn i'r cyntedd. Edrychodd o'i gwmpas. Dim ffôn. Dim byd ond hysbysfwrdd, a llond troli o lyfrau ar werth. Byddai wedi mynd allan yn syth, oni bai iddo weld dau gyfrifiadur drwy ddrws gwydr yr adran fenthyca. Roedd bachgen yn eistedd wrth un, ond roedd y gadair wrth y llall yn wag.

Sychodd Sgwid ei wyneb, cerdded i mewn a brysio at y ddesg.

'Alla i ddefnyddio…?' Amneidiodd at y cyfrifiadur.

'Sori.' Menyw ganol oed gydag wyneb bywiog a mop o wallt melyn oedd y llyfrgellydd. Crychodd ei hwyneb yn ymddiheuriol. 'Mae rhywun wedi bwcio'r peiriant mewn pum munud.'

'Pum munud fydda i,' meddai Sgwid.

Edrychodd y llyfrgellydd ar y cloc.

'Pum munud fydda i, wir. Dwi'n chwilio am gyfeiriad, ac mae firws ar fy nghyfrifiadur i gartre.'

'O, druan â ti!' Crychodd yr wyneb eto. 'Pum munud 'te.'

Brysiodd Sgwid at y cyfrifiadur, disgyn i'r gadair o'i flaen a chicio'n erbyn troed y bachgen wrth y cyfrifiadur nesa. 'Sori.'

Symudodd y bachgen, a throi'i ben i wylio Sgwid yn gwglan.

Daliodd ati i wylio. Nid yn unig roedd y boi yn ei ymyl yn goch ac yn drewi o chwys, ond roedd e hefyd yn gwglan yr heddlu, a nawr roedd e'n llenwi rhyw ffurflen. Ar y ffurflen roedd e'n teipio neges i rywun o'r enw Andrews. Welodd y bachgen mo cynnwys y neges, gan i Sgwid sylweddoli ei fod e'n gwylio, a symud yn nes at y sgrin.

Wedi gyrru'r neges i Heddlu Llundain a gofyn iddyn nhw basio'r neges ymlaen i adran Andrews, gwglodd Sgwid 'Paul Masters'.

Mewn 1.3026 eiliad roedd rhes o gyfeiriadau ar y sgrin. Agorodd Sgwid yr ail –gwefan papur newydd yn Northumberland, a darllen yn gyflym: *Ancient Roman find. London scientist, Dr Paul Masters extracts genetic material from 2,000 year-old tooth. The tooth was found in a peat bog near Hadrian's Wall. 'From the DNA profile I am fairly confident it belongs to a Roman,' said Dr Masters.*

Dileodd Sgwid y wefan, a sgrolio ar ras i lawr y lleill. Cyfeiriadau o bob cwr o'r byd. Erbyn cyrraedd y drydedd dudalen, doedden nhw ddim yn Saesneg hyd yn oed. Teipiodd 'Paul Masters Cardiff' i'r injan chwilio, a chael cyfeiriad at adran Bio-wyddoniaeth y Brifysgol. Roedd Paul wedi traddodi darlith fan'ny flwyddyn yn ôl. Syllu ar destun y ddarlith oedd Sgwid, pan gyffyrddodd rhywun â'i fraich.

'Mae'n ddrwg gen i.' Roedd y llyfrgellydd yn sefyll yn ei hymyl. Y tu ôl iddi safai dwy ferch ifanc. 'Mae'n ddrwg gen i,' meddai eto, 'ond mae Monika a Nadia fan hyn wedi bwcio.'

'Wyt ti eisiau defnyddio fy mheiriant i am funud?' Y bachgen wrth y cyfrifiadur nesa oedd yn sbecian heibio i fraich y llyfrgellydd ac yn cynnig.

'Na, mae'n iawn, diolch.' Cymerodd Sgwid un cip arall ar y sgrin cyn gwasgu'r botwm a dileu'r wefan. Yna cododd yn drwsgl a diolch i Nadia a Monika, ac i'r llyfrgellydd, am ganiatáu iddo ddefnyddio'r cyfrifiadur.

'Falch o fod o help,' galwodd y llyfrgellydd dros ei hysgwydd, wrth i Sgwid anelu am y drws.

Roedd y llyfrgellydd yr un mor barod i helpu'r dyn tal athletaidd yr olwg gyrhaeddodd y llyfrgell bum munud ar ôl i Sgwid adael. Oedd, roedd dyn ifanc wedi galw i mewn yn y llyfrgell, meddai, ac wedi defnyddio'r cyfrifiadur. Dyn ifanc mewn crys-T llwyd. Roedd hwd ar y crys, ond doedd e ddim yn gwisgo'r hwd. Roedd firws ar ei gyfrifiadur, felly roedd e wedi gofyn am gael defnyddio cyfrifiadur y llyfrgell er mwyn chwilio am gyfeiriad.

'Pa gyfeiriad?' gofynnodd Andrews.

'Nid fy musnes i…' Gwibiodd llygaid y llyfrgellydd tuag at y cerdyn adnabod roedd y dyn wedi'i dynnu o'i boced. Cochodd. 'Ym…yr unig beth weles i ar y sgrin oedd cyfeiriad Prifysgol Caerdydd.'

'Dim ond cyfeiriad y Brifysgol?'

'Wel, erthygl. Rhywbeth am anifeiliaid.'

'Roedd e'n gwglan yr heddlu hefyd.' Y bachgen ar y cyfrifiadur oedd wedi clywed ac wedi dod draw. 'Fe fuodd e'n gwglan yr heddlu.'

'Diolch.' Nodiodd Andrews yn gwrtais, ond roedd e'n gwybod hynny'n barod. Roedd Heddlu Llundain wedi symud ar ras, wedi pasio neges Gwydion ymlaen ac wedi nodi o ble y'i hanfonwyd.

Y cyfeiriad at Brifysgol Caerdydd oedd yn ei boeni. Roedd e wedi cadarnhau ers deuddydd fod Dr Paul Masters wedi ymweld ag adran Bio-wyddoniaeth Prifysgol Caerdydd y diwrnod cyn mynd i'r gêm rygbi. Oedd 'na gysylltiad rhwng hynny â'i farwolaeth? Amhosib dweud hyd yn hyn. Ond yn bendant doedd e ddim eisiau i Gwydion fusnesu. Roedd e eisiau i Gwydion fynd adre. Ochneidiodd Andrews a brysio'n ôl i'w gar i hysbysu'i ddynion fod y bachgen wedi gadael y llyfrgell, ac am ddal i chwilio amdano.

Roedd e'i hunan yn mynd i ganolbwyntio ar y neges gafodd e gan Gwydion. 'Arthur yw seren yr arddangosfa.'

Y seren oedd Starr.

Roedd Andrews wedi deall cymaint â hynny. Taniodd injan ei gar a gyrru i'r Bae.

15

Ar y ffordd, yng nghyffiniau City Road, pasiodd Andrews fws. Petai wedi edrych yn fanwl byddai wedi gweld rhywun mewn hwdi llwyd yn swatio yn un o'r seddi canol. Yn syth ar ôl gadael y llyfrgell, roedd Sgwid wedi gweld bws yn stopio wrth arhosfan ac wedi rhedeg i'w ddal. Wrth ddisgyn i'w sedd, fe welodd ddau gar du'n sgrialu heibio, ac yn troi bob ochr i'r parc.

Cododd ei hwd, a syllu ar y llawr. Testun darlith Paul Masters yng Nghaerdydd oedd sut i ddod ag anifeiliaid oedd wedi hen ddiflannu yn ôl yn fyw drwy ddefnyddio DNA o gyrff a ddarganfuwyd yn y ddaear. Os oedd Paul Masters yn deall sut i ail-greu mamothiaid a dodos a phethau tebyg, oedd e wedi dod â Dustin Starr yn ôl yn fyw? 'Na! Na! Na!' hisiodd Sgwid wrtho'i hun. Dwi'n mynd yn wallgo, meddyliodd. Yr unig ffordd i ddod â chreadur fel mamoth yn ôl yn fyw, oedd drwy gael gafael ar DNA cyflawn a chwistrellu'r DNA hwnnw i wy creadur arall. Wedyn byddai'r mamoth yn cael ei ail-eni fel babi mamoth.

O ddefnyddio DNA, byddai raid i Dustin gael ei ail-eni fel babi. Ond nid babi oedd wedi rhoi'r neges ar ei laptop. Nid babi oedd wedi lladd Paul Masters. Doedd neb wedi atgyfodi Dustin Starr.

Ond roedd rhywun eisiau iddo gredu hynny.

A beth am Arthur?

Oedd rhywun wedi trio atgyfodi Arthur drwy ddefnyddio'r DNA yn y bawd? Oedd Paul wedi gwneud, a rhywun wedi 'i ladd o ganlyniad?

Eisteddodd Sgwid yn hollol, hollol lonydd a gwrando ar y syniadau rhyfedd yn troelli rownd ei ben. Byddai wedi dal i eistedd oni bai i rywun roi clec sydyn i'w ysgwydd. Trodd i edrych mewn braw ar yr ymosodwr.

'Sorry, love.' Menyw ganol oed mewn sari oedd wedi ei daro â'i phenelin. Roedd y bws wedi cyrraedd canol y ddinas, a'r fenyw'n codi ar ei thraed. Cododd Sgwid hefyd, sleifio o'r bws, a dianc ar ei union i arcêd. Fan'ny gwelodd ei wyneb coch yn sglefrio ar draws ffenestri'r siopau. Yn ei grys-T llwyd-olau roedd e'n edrych yn union fel... Sgwid Beynon. Fyddai dim eisiau prawf DNA i ddarganfod pwy oedd e. Byddai dynion Andrews wedi cael llun ohono erbyn hyn ac yn ei adnabod ar unwaith. Bydden nhw'n ei ddal ac yn ei gloi mewn rhyw gell o'u ffordd. Wedyn byddai Andrews yn gallu canolbwyntio ar warchod Lance Morden.

Ond beth am Gari?

Pwy fyddai'n poeni am Gari?

A'i ben i lawr brysiodd Sgwid i mewn i siop fawr. Chwiliodd am gornel dawel y tu ôl i rac o ddillad dynion, ac aros fan'ny i gael ei wynt.

Ddwy funud yn ddiweddarach, pan oedd ei byls wedi arafu, aeth Sgwid i brynu tun o dalc a phot o eli wyneb. Brasgamodd lan y grisiau symudol i'r ail lawr, a phrynu cynfas wen. Yn nhoiled y siop fe rwygodd dwll yn y gynfas â'i ddannedd a'i thynnu dros ei ben. Taenodd yr eli dros ei wyneb a thros ran helaeth o'i wallt, a gwasgu llond dwy law o dalc i'r stwnsh. Nawr roedd e'n edrych fel mymi wedi cael damwain â phot o iogwrt. Ond dim ots! Hyder oedd yn bwysig.

Ymbalfalodd Sgwid yn ei boced am bamffledyn Nemo. Er ei fod e'n grychau i gyd daliodd hwnnw yn ei law fel pasbort wrth frasgamu drwy'r siop ac yn ôl i'r arcêd.

Hyder. Dim ots fod pobl yn edrych arno. 'Protestiwch yn erbyn y llong asbestos!' gwaeddodd gan ysgwyd y pamffled o dan drwynau'r siopwyr. 'Amddiffynnwch yr amgylchedd.'

Mwya i gyd oedd e'n gweiddi, mwya i gyd oedd pobl yn ei anwybyddu. Erbyn cyrraedd y bws, doedd neb yn sylwi arno o gwbl.

Neb ond un.

Tynnodd hwnnw lun o Sgwid ar ei gamera a'i anfon at ffrind.

Gwydion Beynon? Chwarddodd. Roedd e'n meddwl ei fod e mor glyfar.

Ond doedd e ddim.

16

Doedd Sgwid ddim yn teimlo'n glyfar o gwbl ar ôl cyrraedd y Bae. Yn lle bod yn anweledig, roedd pawb yn edrych arno. Yn syth ar ôl disgyn o'r bws, clywodd lais yn cyfarth, a gweld plismon yn pwyntio at y protestwyr oedd yn eistedd mewn grwpiau bach y tu ôl i'r ffensys ar y cei. 'Fan'na!' gwaeddodd ar Sgwid. 'Draw at dy fêts, Eira Wen. Nawr!'

'Symuda hi!' Daeth plismon arall draw, gafael yn ei ysgwyddau a rhoi hwb.

Wrth i Sgwid ei chychwyn hi ar draws yr hewl, trodd hanner cant o wynebau gwyn tuag ato. Hanner cant o Jokers, a'u llygaid duon wedi eu hoelio arno. Hanner cant o bobl mewn cynfasau grynji yn syllu ar ei gynfas wen, wen. Byddai Batman wedi rhedeg i ffwrdd, ond doedd gan Sgwid unman i fynd. Daliodd ati i gerdded nes cyrraedd y ffens rhwng y protestwyr a'r hewl.

Dringodd dros y ffens o flaen yr hanner cant o wynebau, heb i neb ddweud gair.

'Ydy hi'n ocê i fi ymuno â chi?' gofynnodd, wedi glanio'r ochr draw.

Ar ôl ysbaid o dawelwch cododd un dyn ac ymlwybro draw at Sgwid, ei wyneb gwyn yn hollol lonydd heblaw am ddwy lygad las.

'Neb!' meddai Sgwid.

Culhaodd y ddwy lygad las.

'Neb?' Nawr roedd menyw'n sefyll wrth ysgwydd y dyn, ei gwallt yn rhaeadr felyngoch, a phili-pala gwyn enfawr wedi 'i beintio dros ei bochau. Rhwng adenydd y pili-pala, syllodd pâr o lygaid gwyrdd-frown ar Sgwid. 'Pwy yw e?' gofynnodd i Nemo.

'Rhyw foi bach clyfar,' atebodd Nemo'n araf.

'Wel, mae e'n gwynto'n neis, beth bynnag,' chwarddodd y fenyw. 'O lily of the valley, ti'n meddwl?'

'Falle.' Dododd Nemo ei fys ar dalcen Sgwid a thynnu llinell i lawr y talcen ac ar hyd y trwyn. Sniffiodd, yna fflicio ei law a gadael i'r blob o stwnsh talc-ac-eli ddisgyn i'r llawr.

Cododd Sgwid ei law ar unwaith, a smwddio'r talc-ac-eli'n ôl dros ei wyneb. 'Peidied NEB â gwneud hynna i fi eto,' chwyrnodd.

Disgleiriodd llygaid Nemo. 'Ti'n gweld,' meddai wrth y ferch. 'Clyfar. Deall Lladin. Mae'n gwbod mai fy enw yw Neb. Fe gwrddon ni bore 'ma. Roedd e'n disgwyl am y bws. Rhyw greadur eitha pigog oedd e bryd hynny, ond mae e'n amlwg wedi troi yn...' Ystyriodd yr eli ar wyneb Sgwid.

'Stwnsh?' awgrymodd y ferch.

'Stwnsh,' cytunodd Nemo. 'Beth yw dy enw di, stwnsh?'

'Sgwid.'

'Sgwidji!'

'Gwydion, os ti'n moyn,' meddai Sgwid yn sych. 'S. Gwydion. Sgwid.'

'Be ti'n wneud fan hyn, Sgwid?'

'Dod i brotestio.'

'Yn erbyn y Terre-douce?'

Edrychodd Sgwid arno'n ddryslyd.

'Terre-douce,' meddai'r ferch. 'Enw'r llong. Y llong sy mas fanna yn y Bae. Dwyt ti ddim wedi bod yn gwrando'n astud ar y newyddion, wyt ti?'

'Llong asbestos yw hi i fi,' snwffiodd Sgwid. 'Dyna beth sy'n bwysig.' Tynnodd y pamffledyn o'i boced a'i ddangos. 'Os nad ych chi'n fodlon i bobl ymuno â chi, pam ych chi'n boddran dosbarthu'r rhain?'

'Ti'n iawn,' meddai Nemo, gan ddal i sefyll o'i flaen.

Disgynnodd tawelwch dros y gorlan brotestwyr. Tawelwch meddylgar, gwyliadwrus. Teimlodd Sgwid y gwres yn cronni o dan y past ar ei wyneb. Roedden nhw'n ei ddrwgdybio. Yn meddwl ei fod yn dwyllwr. Ac roedden nhw'n iawn wrth gwrs. Doedd ganddo ddim owns o ddiddordeb yn y llong asbestos. Ond roedd Nemo'n troi i ffwrdd. 'Croeso i'r criw,' meddai dros ei ysgwydd. 'Falch dy fod ti wedi gweld y goleuni. Gwna dy hun yn gyfforddus.' Aeth e a'r ferch yn ôl i eistedd gyda'u grŵp o bedwar ffrind, gan adael Sgwid yn sefyll ar ei ben ei hun fel bwgan brain.

Dechreuodd rhywun hymian *Here comes the Bride* a rhedodd siffrwd bach o chwerthin dros y cei.

'Hei! Stopiwch hi!' galwodd pwtyn tew, oedd yn eistedd ar wahân, ei gefn yn pwyso ar y rheils uwchben yr harbwr, a'i wyneb yn llanast o bast wedi cracio. Amneidiodd ar Sgwid a tharo'r llawr yn ei ymyl. 'Dere 'ma, boi. Parcia dy hun fan hyn.'

Brysiodd Sgwid ato'n ddiolchgar.

'Rhaid i ni bysgod sticio gyda'n gilydd,' meddai'r protestiwr, gan estyn ei law. 'Hadog ydw i. Meic Haddon, PhD. Doc Haddon, neu Had-doc. Get it?'

'Ac S. Gwydion Beynon ydw inne,' meddai Sgwid. Ysgydwodd law'n gyflym a disgyn i'r llawr gan lapio'i gynfas yn dynn amdano.

'S?'

'Paid â gofyn.'

'Ocê.'

'Ond fe ddweda i wrthot ti,' sibrydodd Sgwid. Roedd Hadog yn haeddu cael gwybod. Diawliaid diserch oedd pawb arall. 'S am Salathiel. Enw Tad-cu.'

'Aaaaa!' Crychodd wyneb crwn Hadog mewn cydymdeimlad, a rholiodd lympiau o bast dros ei ên ac i lawr dros ei fol. Brwsiodd Hadog y lympiau i'r llawr, a throi i stwffio cornel o'i gynfas grynji o dan ei ben-ôl. 'Watsia dy hun, Sgwid,' meddai. 'Mae'r palmant 'ma'n llosgi 'nhîn i. Dwi bron â bod yn *smoked haddock.*'

Roedd Sgwid wedi stwffio'i gynfas o dan ei ben-ôl yn barod. Stwffio cymaint ag y gallai, a thrio'i rhwbio'n erbyn y palmant ar yr un pryd. Roedd car heddlu'n cripian heibio, a'r gyrrwr yn llygadu pawb. Pwysodd Sgwid ei ên ar ei bengliniau a thrio cuddio gweddill ei gynfas wen, wen rhag y llygaid craff.

'Blydi polîs,' hisiodd Hadog o gornel ei geg. 'Maen nhw newydd ddweud ein bod ni'n gorfod symud o 'ma'r peth cynta'r bore. Dedlein: chwech o'r gloch. Wedi chwech o'r gloch chawn ni ddim bod yma o achos y blydi Lance Morden. Dyw hi ddim yn deg.'

'Na,' meddai Sgwid. Ond doedd e'i hun ddim yn golygu aros tan chwech o'r gloch. Edrychodd i gyfeiriad fflat Gari. Roedd y llenni'n dal ynghau. Pwy fyddai ag allwedd? Y ferch ar draws y landin, falle? Gallai fynd i siarad â hi i weld a oedd ganddi gliw ble oedd Gari wedi mynd. Ond doedd dim iws mynd eto. Roedd dau heddwas arall yn cerdded heibio gydag Alsesian ar dennyn.

Rwmblodd bol Sgwid yn uchel, a throdd yr Alsesian, codi'i glustiau a gwynto am eiliad neu ddwy. Ymbalfalodd Hadog yn frysiog o dan ei gynfas, wedi i'r ci symud i ffwrdd.

'Mae dy stumog di'n ffrwydrol, 'chan,' meddai, a gwasgu darn o *fudge* i law Sgwid. 'Stumog terfysglyd! Bwyta hwn glou, cyn i'r plismon roi dy stumog di under a-vest.'

Ochneidiodd Sgwid am ben y jôc a chael pwniad gan Hadog. 'Diolch.' Tynnodd y papur a sugno'r losin.

'Fe fyddwn ni'n cael bwyd nawr ar ôl i'r haul fachlud,' meddai Hadog. 'Rŷn ni wastad yn aros i'r haul fachlud. Mae'r bwyd yn ein cadw ni fynd drwy oerni'r nos.'

Wrth i'r sudd lifo'n araf i'w stumog lwglyd, gadawodd Sgwid i'w lygaid grwydro dros y grwpiau o brotestwyr oedd yn swatio ar y cei. Pwy oedden nhw? Hen, ifanc, dynion, menywod? Amhosib dweud o dan y colur gwyn. Dim rhyfedd fod yr heddlu ar bigau'r drain, ac yn cerdded heibio bob rhyw bum munud. Roedd yr wynebau gwyn yn ddigon i ddychryn unrhyw un.

'Ti'n chwilio am rywun?' gofynnodd Hadog ymhen sbel.

'Na.'

'Pam wyt ti'n edrych ar bawb mor fanwl, 'te?'

'Meddwl mor sbŵci mae pawb yn edrych,' atebodd Sgwid.

'Aros tan iddi nosi,' meddai Hadog. 'Yn y tywyllwch ŷn ni fel cyrff yn codi o'r bedd. A-a-a-a-a-a-a!' Ysgydwodd ei freichiau, ond roedd e'n edrych yn debycach i jeli mawr nag i ysbryd.

Gwenodd Sgwid, a throi i edrych ar yr harbwr islaw. Pwysodd ei ên ar y rheils, a gwylio plismon yn arwain ei gi heibio i'r cychod llonydd. Cofiodd am y plismon y tu allan i ddrws Gari yn gofyn 'Wyt ti'n hoffi hwylio?' Byddwn ar noson fel heno, meddyliodd Sgwid. Roedd awel ysgafn, ysgafn yn goglais dŵr yr harbwr, a'r tonnau mân yn wincian fel miloedd o sêr. Bum metr i ffwrdd gwelodd ddau wyneb gwyn yn sbecian arno drwy'r rheils. Y ferch â'r gwallt coch, a Nemo. Roedd eu grŵp bach o chwech wedi symud yn nes at yr harbwr.

'Maen nhw'n cadw llygad arnat ti,' mwmialodd Hadog, wrth i Sgwid setlo'n ôl.

'Nhw yw trefnwyr y brotest?'

'Nhw yw'r ceffylau blaen.' Estynnodd Hadog *fudge* arall. 'Nemo a Luned.'

Sugnodd Sgwid sudd y *fudge* drwy'i ddannedd, a heb feddwl, cododd ei fraich i rwbio'i wyneb. Chwyrnodd wrth deimlo'r past yn glynu ar ei lawes.

'Paid â chymryd e'n bersonol,' meddai Hadog, gan roi darn o *fudge* yn ei geg ei hun. 'Ond ti yw'r boi newydd, t'weld. Dyna pam maen nhw mor nerfus, ac yn edrych arnat ti drwy'r amser.'

'Does dim eisiau iddyn nhw fod yn nerfus ohona i,' snwffiodd Sgwid.

'Na?' meddai Hadog.

'Na,' meddai Sgwid.

Cnôdd Hadog ei *fudge* yn feddylgar. 'Ti'n siŵr?' meddai.

'Be?' Trodd Sgwid a syllu ar y llanast o wyneb.

'Ti'n siŵr?' meddai Hadog eto, a dal i gnoi heb edrych ar Sgwid. 'Achos ti'n fy ngwneud i'n nerfus hefyd, cofia.'

'Nerfus?' gwichiodd Sgwid a'i dalcen yn crychu o dan y past. 'Pam?'

'Achos…' meddai Hadog gan estyn ei law a rhoi pinsiad fach i'w ben-glin. 'Achos dwyt ti ddim wedi edrych i gyfeiriad y Terre-douce unwaith ers cyrraedd yma. Ti'n gweld, Sgwid, fel arfer y peth cynta mae pawb yn ei wneud yw troi i gyfeiriad y llong – y gelyn mawr - ond wnest ti ddim edrych unwaith.'

'Welwn i ddim llawer ta beth,' meddai Sgwid yn gwta. 'Mae'r haul yn isel.'

Gwasgodd Hadog ei ben-glin yn galetach. Mor galed, nes brifo.

'Beth wyt ti'n wneud 'ma?' sibrydodd.

Pum metr i ffwrdd roedd Luned yn eu gwylio.

'Dwed y gwir, Salathiel,' hisiodd Hadog.

Y gwir? Gwasgodd Sgwid ei wefusau'n dynn. 'Mae ffrind i fi wedi marw,' atebodd o'r diwedd.

'Pwy?'

'Ffrind o'r enw Paul.' Wnâi e ddim dweud Gari. Wnâi e ddim.

'O achos asbestos?'

'Na.'

Llaciodd y llaw ar ei ben-glin. Sythodd Hadog. 'Mae'n ddrwg gen i,' meddai. 'Ond pam 'set ti'n dweud yn y lle cynta? Byddai pawb wedi deall.'

'Ti'n meddwl?' mwmialodd Sgwid.

'Wrth gwrs y bydden nhw!' meddai Hadog yn gysurlon. 'Dyna be mae pobl yn wneud pan maen nhw'n brifo. Maen nhw'n protestio yn erbyn creulondeb y byd. Ac rwyt ti wedi canolbwyntio dy brotest di ar y Tir-tirion. Mae…'

Ochneidiodd Hadog a chraffu ar Sgwid oedd wedi troi unwaith eto i syllu arno'n syn.

'Y Terre-douce 'chan!' meddai. 'Ystyr Terre-douce yw Tir-tirion. Anodd credu bod gan long mor ffiaidd enw mor hyfryd, ond 'na fe. Anodd credu dy fod ti a fi'n bysgod, ontefe?' Chwarddodd yn llon, a rhoi proc i'w gymydog. 'Ontefe?' Edrychodd o gil ei lygad i weld a oedd Sgwid yn chwerthin hefyd, ond doedd e ddim.

Er bod ceg Sgwid yn llydan agored, doedd e prin yn anadlu

heb sôn am chwerthin. Roedd e'n meddwl am y cylch bach o olau ar y gorwel.

Y Terre-douce.

Y fro dirion draw dros y don.

Y fro dirion oedd y Terre-douce.

Trodd fel ceiliog y gwynt mewn storm a syllu i'r gorwel.

Roedd rhywun ar fwrdd y llong asbestos.

Rhywun yn anfon negeseuon. Y rhywun oedd wedi lladd Paul Masters, ac wedi mynd â Gari.

Cydiodd yn y rheils a throi'n ôl at Hadog. 'Ti'n iawn,' meddai'n floesg. 'Dwi ddim yn brotestiwr go iawn. Ddylwn i ddim bod yma.'

'Ddwedes i mo hynny,' protestiodd Hadog.

'Dim ond defnyddio'r Terre-douce fel esgus ydw i.' Tynnodd Sgwid ei hun i fyny, a baglu dros ei gynfas.

'Be ti'n wneud?' crawciodd Hadog a gafael yn y gynfas. 'Eistedd i lawr, grwt! Eistedd i lawr!'

'Na. Dwi'n gorfod mynd.' Roedd e'n gorfod mynd i chwilio am Andrews. Plyciodd ei gynfas yn rhydd, simsanu yn erbyn y rheils a throi gan feddwl dianc. Ond roedd Nemo'n sefyll yn ei ffordd. Nemo a dau o'i ffrindiau.

'Eistedd i lawr,' chwyrnodd Nemo yn ei wyneb.

'Ond dwi'n gorfod mynd.'

'Dwyt ti ddim yn mynd i unman. Ti ddewisodd ddod yma.'

'Dwi...'

'Dwyt ti ddim yn mynd i unman. Eistedd!'

'Eistedd!' gwichiodd Hadog, a rhoi plwc i'r gynfas. Baglodd Sgwid yn ôl yn erbyn y rheils. Rhoddodd Hadog blwc arall, a thynnu Sgwid i'r llawr.

'Gwylia fe, Hadog,' meddai Nemo. 'Gwylia fe.'

Nodiodd Hadog, a dal yn dynn yn y gynfas nes i Nemo a'i ffrindiau symud i ffwrdd. 'Paid â phoeni,' sibrydodd o gornel ei geg. 'Sa'n dawel, a phaid â phoeni, wir! Fe gei di dy draed yn rhydd ymhell cyn y bore. O fewn awr neu ddwy falle, pan fydd popeth drosodd, fe...'

'Beth drosodd?' hisiodd Sgwid ar ei draws.

'Dim,' meddai Hadog yn frysiog. 'Bydd dawel!'

Tawel? Edrychodd Sgwid o'i gwmpas ar yr hanner cant o brotestwyr ar y cei. Ar ôl gwylio'r ffrwgwd rhyngddo fe a Nemo, roedden nhw wedi troi'n ôl i wrando ar iPods, neu sgwrsio'n hamddenol. Rhy hamddenol. Roedden nhw'n disgwyl am rywbeth.

'Hadog,' sibrydodd. 'Oes rhywun yn mynd i hwylio at y Terre-douce?'

Gwingodd Hadog fel mwydyn. 'Sgwid!' poerodd. 'Ca' dy blydi ben, wnei di? Just ca' dy ben.'

17

Caeodd Sgwid ei ben.

Cau ei ben a gwrando ar ei feddyliau.

Y tu ôl iddo roedd yr haul ym machlud. Y tu ôl iddo roedd y Terre-douce. Ar ôl iddi dywyllu byddai criw o brotestwyr yn hwylio at y Terre-douce. A byddai e'n mynd gyda nhw. Fel'ny oedd hi i fod, ontefe? Fe oedd wedi cael y neges. Roedd rhywun eisiau'i ddenu fe, Sgwid Beynon, ar fwrdd y Terre-douce.

Roedd e'n teimlo fel cymeriad mewn gêm gyfrifiadurol. Nid fe oedd â'i fys ar y botwm. Ond fe allai ddianc. Gallai weiddi ar un o'r plismyn oedd yn cerdded heibio.

Gallai!

Ond i ba bwrpas? Byddai'r bys ar y botwm yn dal i chwilio amdano.

Bys pwy? Pwy oedd yn ddigon cyfoethog i fachu llong yn llawn o asbestos? Pwy oedd yn ddigon cyfrwys a chlyfar i adael negeseuon ar ei gyfrifiadur ac i ymyrryd ag arddangosfa Arthur? Pwy oedd yn ddigon creulon i ladd? Dim ond un person oedd Sgwid yn ei nabod, ac roedd hwnnw wedi marw.

'Wedi marw,' hisiodd Sgwid o dan ei wynt. Cipedrychodd ar Hadog, a'i weld yn syllu arno'n ofidus.

'Ymlacia nawr,' meddai Hadog. 'Jyst ymlacia am sbel fach.

Wyt ti am rywbeth i dy helpu di i ymlacio?'

'Be?' meddai Sgwid yn ddrwgdybus.

Estynnodd Hadog ei law fach binc dew yn syth o'i flaen. Dangosodd ei bod hi'n wag, chwifiodd hi yn yr awyr, caeodd ei ddwrn a'i agor o dan drwyn Sgwid. Ar ei law roedd iPod.

'Wyt ti am e?'

'Dim diolch,' meddai Sgwid gyda gwên fach dynn. 'Byddwn i'n debyg o sticio iddo ta beth. Ble dysgest ti'r tric 'na?'

'Gan Dad. Mae Dad yn rhoi sioeau mewn partïon pen-blwydd yn ei amser sbâr.' Rhwbiodd Hadog drwch o bast o'r ffonau clust. 'Oes ots gen ti, os gwrandawa i?'

'Na.'

'Fe alli di siarad â fi, beth bynnag,' meddai Hadog, gan roi'r ffonau yn ei glustiau, a threfnu ei hun fel Bwda ar y palmant.

Pwysodd Sgwid yn ôl yn erbyn y rheils, nes teimlo brath y metel ar ei gefn. Gwrandawodd ar y seiniau bach craflyd oedd yn dod o iPod Hadog. Gwelodd lygaid Hadog yn cau, a'i law dde'n chwarae piano anweledig. O dipyn i beth gadawodd Sgwid i'w ben ei hun suddo ar ei frest, ac esgus gwrando ar iPod mor anweledig â'r piano. Drwy lygaid hanner-caeedig, gwyliodd Nemo a'i griw. Nhw, mae'n siŵr, fyddai'n hwylio at y Terre-douce.

Lledodd cysgodion y nos fel blanced rhwng y lampau, ac wrth i'r haul suddo dros y gorwel, cododd un o'r protestwyr ar ei draed. Daeth rownd at bawb i gasglu arian bwyd cyn dringo dros y ffens gyda phedwar ffrind. Erbyn iddyn nhw groesi'r hewl, roedd dau blismon yn disgwyl amdanyn nhw. Dilynodd y plismyn nhw bob cam ar hyd yr hewl, a phob cam yn ôl.

Deffrodd Hadog, pan aroglodd e'r bwyd yn eu bagiau llwythog. Diffoddodd ei iPod a rhoi proc i Sgwid.

'Veggieburger and chips all round,' meddai'r dosbarthwr bwyd, a thaflu pecyn yr un atyn nhw.

Veggieburger and chips with lily of the valley mayonnaise, meddyliodd Sgwid wrth flasu llond ceg o bast gyda'i dshipsen gyntaf.

Bwytodd yn araf, a disgwyl.

Lai na chwarter milltir i ffwrdd roedd Prif Gwnstabl Heddlu De Cymru yn gwrando ar lais Aeres Hamer, Prif Weinidog Cymru, yn gwrthod ei gais i ddrafftio catrawd o filwyr arfog i ardal y Bae.

'Mae'n gwneud i ni edrych fel petaen ni dan warchae, ac yn rhoi golwg anffodus ar Gymru,' meddai'r Prif Weinidog dros y ffôn.

'Ond os bydd rhywbeth yn digwydd i Lance Morden, bydd hynny'n rhoi golwg fwy anffodus fyth,' meddai'r Prif Gwnstabl yn sych.

'Mae digon o blismyn o gwmpas,' atebodd Mrs Hamer. 'Ac oes 'na reswm i feddwl bod un dyn byw yn bygwth Lance Morden?'

Cododd y Prif Gwnstabl ei aeliau ar Andrews oedd yn sefyll yn ei ymyl.

Ysgydwodd Andrews ei ben.

Dim un dyn byw, ond un dyn marw. Dyn marw oedd rywsut wedi sleifio i mewn i arddangosfa Arthur, ac wedi gadael ei olion bysedd ar y poster yn fflat Gari Humphreys. Doedd gan Dustin Starr ddim efaill. Roedd heddlu'r Swistir, lle cafodd e 'i eni, wedi cadarnhau hynny. Ac roedd Dustin ei hun wedi marw. Felly sut oedd ei olion ar y poster? A sut oedd ei wyneb yn yr arddangosfa? A pham?

Roedd Andrews wedi gweld yr hologram, ac wedi holi Alwena Green yn fanwl. Roedd Alwena wedi tyngu mai myfyrwyr ymchwil oedd wedi chwarae rhan pob un o'r cymeriadau yn ogof Arthur, gan gynnwys y Brenin ei hun. Roedd hi wedi chwilio yn ei ffeil ac wedi rhoi rhes o enwau i Andrews. Roedd Andrews wedi mynd ar ei union i'r Brifysgol a chyda caniatâd yr Heddlu wedi mynnu manylion pob un o'r myfyrwyr. Roedd testun ymchwil un wedi tynnu ei sylw, ac ar hyn o bryd roedd ei ddynion yn gwylio fflat hwnnw ac yn disgwyl i'r myfyriwr gyrraedd adre.

Ond doedd dim modd datgelu hyn i gyd i'r Prif Gwnstabl, heb sôn am Aeres Hamer.

'Bydd raid i ni drio dyblu nifer y dynion sy'n gwarchod,' meddai'r Prif Gwnstabl wedi rhoi'r ffôn i lawr. 'Byddai'n haws i ni fynd yn ôl i oes y Brenin Arthur ac ymladd yn yr awyr agored, yn lle chwarae ambwyty fel hyn.'

'Bydd.' Roedd Andrews newydd gofio am rywbeth. Roedd e wedi galw i mewn yn yr Halcyon i archwilio stafell Gwydion, wedi gweld y laptop ar agor, ac wedi copïo pum gair ar bapur. 'Rwyt ti'n siarad Cymraeg, yn dwyt?'

'Ydw.'

Estynnodd Andrews y papur. 'Wyt ti'n meddwl y gallet ti gyfieithu?'

Edrychodd y Prif Gwnstabl ar y papur, a chododd ei aeliau. 'Over the wave there's,' meddai.

'Over the wave there's?'

'Geiriau cyntaf darn o farddoniaeth.' Pwysodd y Prif Gwnstabl yn ôl yn ei gadair gyda gwên fach ar ei wyneb. 'Ymadawiad Arthur yw'r darn. Dwi'n cofio'i ddysgu e yn yr ysgol.' Mewn llais melodaidd, hollol wahanol i'w lais arferol, dechreuodd adrodd.

'Yn Saesneg!' chwyrnodd Andrews.

'Over the wave there's a gentle land...' meddai'r Prif Gwnstabl.

Anesmwythodd Andrews, pan glywodd am Ynys Afallon lle doedd neb yn marw. Ond ddeallodd e mo'r neges yn gyflawn tan dri o'r gloch y bore. Am dri o'r gloch y bore deffrodd Andrews yn ei gadair yn yr HQ lle roedd e wedi cael prin hanner awr o gwsg.

'A gentle land!' ebychodd. 'Terre-douce!'

Fe gymerai bron dair awr iddo gadarnhau nad oedd llong o'r enw Terre-douce wedi 'i chofrestru yn unman yn Ffrainc. Ac awr arall i alw am help oddi wrth yr heddlu morwrol a'r llynges. Erbyn hynny roedd Sgwid ar fwrdd y llong.

Am dri o'r gloch roedd Sgwid wedi cipedrych ar ei watsh. Bob pum munud roedd e'n edrych ar ei watsh, ond doedd dim sôn hyd yn hyn fod Nemo am symud. Yn ei ymyl roedd Hadog yn rhochian yn swnllyd, ei iPod yn dal am ei glustiau, a'i gynfas wedi 'i rholio'n obennydd o dan ei ben.

Yn dawel, o dan ei gynfas wen ei hun, roedd Sgwid wedi tynnu'i grys-T. Ers teirawr a mwy roedd y crys wedi gorwedd yn fwndel cynnes rhwng ei goesau a'i fol. Yn ystod y teirawr roedd yr heddlu wedi galw heibio o leia dwsin o weithiau, wedi cerdded rhwng y grwpiau swrth o brotestwyr, a'u cŵn wrth eu sodlau. Bob tro roedd yr heddlu'n dod heibio, roedd Nemo a'i grŵp yn troi i edrych arno fe, Sgwid.

'Maen nhw'n cadw'u llygaid arnat ti, Sgwid-kid,' meddai Hadog cyn iddo fynd i gysgu. 'Maen nhw'n meddwl dy fod ti'n *police informer*. Wyt ti?'

'Na.'

'Dyw'r ffaith dy fod ti'n wynnach na gwyn ddim yn helpu chwaith. Ti'n sefyll allan fel arth wen yn y jyngl.'

Roedd hynny'n siwtio Sgwid i'r dim. Am y tro. *Camouflage* oedd gwneud eich hun i edrych 'run fath â'r cefndir, ond roedd 'na fath arall o *camouflage*, sef gwneud i'ch hun sefyll allan.

Ers teirawr a mwy roedd Sgwid yn esgus pendwmpian. Lwcus bod y palmant caled wedi 'i gadw'n effro.

O'r diwedd, yn fuan wedi tri, clywodd sŵn ysgafn yn codi o'r harbwr. Ar unwaith llithrodd yn nes at Hadog, nes bod talcen y chwyrnwr yn pwyso'n erbyn ei goes. Gydag un llaw cododd ben Hadog. Gyda'r llall cipiodd y gynfas frwnt a rhoi'r crys-T yn ei lle.

Roedd Nemo a'i griw wedi sythu, fel anifeiliaid sy'n ffroeni'r awyr. Roedden nhw'n gwylio'r hewl, i wneud yn siŵr nad oedd yr heddlu'n agos. Hanner munud yn ddiweddarach, pan glywyd pesychiad dan wal yr harbwr, fe ollyngon nhw raff ysgol dros y wal. Heb golli eiliad, fe ddringodd y grŵp dros y rheils a hanner-dringo hanner-llithro i lawr yr ysgol, nes cyrraedd y llong bysgota islaw, a swatio ar ei dec.

Wrth i'r llong ddechrau symud yn llechwraidd ar hyd wal yr harbwr, pwysodd ffigwr gwyn glân dros reils y cei.

'Hoi!' hisiodd.

'Ca 'dy ben!' chwyrnodd Nemo, ac fe suddodd y ffigwr yn ôl i'r llawr.

18

Welodd Sgwid mo Hadog yn suddo'n un swp ar lawr. Roedd e'n cadw'i ben i lawr, yn anadlu'n ysgafn, ysgafn, heb symud llaw na throed. Roedd e'n disgwyl i olau'r harbwr sglefrio dros y llong ac i'r tywyllwch ei llyncu. Erbyn hynny byddai'n rhy hwyr i droi'n ôl.

Cyn gynted ag y clywodd e sŵn y llong yn yr harbwr, roedd Sgwid wedi tynnu'i gynfas wen a'i thaenu dros Hadog, ac wedi gwisgo'r gynfas grynji. Yna, pan oedd Nemo a'i griw yn canolbwyntio ar ddringo dros reils yr harbwr, roedd Sgwid wedi codi fel ysbryd a dilyn yn dynn wrth eu sodlau. Hyder oedd yn bwysig. Yn eu brys doedd neb wedi edrych yn ôl, na sylweddoli bod saith yn lle chwech wedi llithro i lawr yr ysgol a byrddio'r llong. Yn syth ar ôl iddyn nhw lanio ar y dec, roedd y silwét du yng nghaban y llong wedi troi ei thrwyn tuag at y môr.

Wrth i'r llong adael yr harbwr a mynd i afael y tonnau, clywodd Sgwid ochenaid fach yn ei ymyl, a theimlo gwallt hir Luned yn glynu i'r eli ar ei wyneb. Roedd Luned yn codi ar ei heistedd. Snwffiodd yn sydyn.

'Dwi'n arogli lily of the valley.'

Cyn i Sgwid godi'i ben i ateb, fe wasgwyd e'n fflat gan gorff trwm. 'Pwy wyt ti?' chwyrnodd Nemo yn ei glust.

'Sgwid. Dwi...'

'Sgwid? Roedd Sgwid yn sefyll ar y cei yn ei gynfas wen!' meddai Luned yn syn.

'Wedi swopio cynfas. Dwedes i ei fod e'n glyfar!' Gwthiwyd Sgwid ar ei gefn a chydiodd Nemo'n dynn yn y gynfas rownd ei wddw.

'Paid!' crawciodd Sgwid. 'Dwi'n tagu!' Ciciodd yn ei erbyn.

'Be ti'n trio 'i wneud?' hisiodd Nemo, heb ollwng gafael o gwbl.

'Dod gyda chi!' tagodd Sgwid. 'Eich helpu chi i fyrddio'r Terre-douce, achos…'

'Dydyn ni ddim eisiau dy help di!'

'Achos mae'n llong fwy peryglus nag ych chi'n feddwl!'

'O? A finne'n meddwl mai llong bleser oedd hi,' meddai Nemo'n wawdlyd.

'Wir…!'

'Sa fan'na. Paid â symud.' Hyrddiodd Nemo e i ben pella'r dec.

Cleciodd pen Sgwid yn erbyn y pren a glanio ar raff oedd yn drewi o bysgod. Gorweddodd fan'ny'n llonydd, a chwe phâr o lygaid yn ei wylio. Clywodd sŵn sibrwd, ond heb ddeall gair.

Roedd y llong wedi troi i'r gorllewin, ac yn hwylio'n esmwyth heb olau, ond golau'r sêr a rhimyn o leuad newydd. Yn y gwyll gwelodd Sgwid dri wyneb gwyn yn diflannu y tu ôl i fygydau duon, a thair cynfas wen yn disgyn ar lawr y dec. O dan eu cynfasau roedd y tri phrotestiwr wedi 'u gwisgo mewn du. Nhw'u tri oedd yn mynd i fyrddio'r Terre-douce. Yn dawel, tra'n dal i orwedd, cododd Sgwid ymyl ei gynfas dros ei ên a rhwbio'r eli oddi ar ei wyneb ei hun. Llithrodd allan o'r gynfas, a dal ei wynt.

O'i flaen roedd cysgod bygythiol yn codi fel craig o'r dŵr. Y Terre-douce. Bob pen iddi disgleiriai dau olau, yn goch fel gwaed. Distawodd injan y llong bysgota, fel pe mewn ofn. Distawodd y protestwyr hefyd, nes bod dim i'w glywed ond sisial y môr. Yn ofalus cododd Sgwid ar ei draed a chydio yn y rhaff oedd ar lawr.

Cleciodd y rhaff yn erbyn bwced, a'i sŵn yn diasbedain.

'Cadwch draw!' chwyrnodd Sgwid, wrth i'r lleill roi naid.

Ffliciodd y rhaff tuag atyn nhw.

'Sgwid...'

'Dwi'n mynd i fynd ar y Terre-douce!'

'Caewch hi!' hisiodd llais o gaban y llong. 'Mae'r sŵn yn cario.'

'Symudwch yn ôl,' chwyrnodd Sgwid ar ei draws. Roedd y protestwyr yn dal i gripian tuag ato. Ffliciodd y rhaff, a chodi ei lais. 'Symudwch yn ôl!'

Cliciodd Nemo'i fysedd, a safodd pawb.

'Symudwch yn...!'

'Ocê.' Cliciodd Nemo'i fysedd eto, a chiliodd gyda'i ffrindiau tuag at y caban. O fan'ny sibrydodd, 'Does gyda ti ddim crys du na mwgwd. Edrych arnat ti. Rwyt ti'n hanner noeth. Bydd pawb yn dy weld di.'

'Rho grys a mwgwd i fi!' meddai Sgwid.

Oedodd Nemo.

'Rho nhw!' meddai Luned.

'Mwgwd yn dod.' Plygodd un o'r protestwyr, a hedfanodd mwgwd drwy'r awyr. Cyn iddo'i daro yn ei wyneb, camodd Sgwid i'r naill ochr a swingio'r rhaff at Nemo oedd wedi rhuthro tuag ato. Gwichiodd Nemo wrth i'r rhaff chwipio'i fraich. Triodd ddal ei phen.

'Symud 'nôl!' chwyrnodd Sgwid a'i lais yn codi'n uwch ac yn uwch.

'Shhhh!' ymbiliodd Luned. 'Rho grys iddo.'

'Cicia fe draw,' hisiodd Sgwid. Plygodd yn gyflym i godi'r mwgwd o'r llawr. Capten y llong oedd wedi gorfod tynnu'i grys du. Ciciwyd hwnnw ato. Cododd Sgwid e, gwisgo un llawes ac yna'r llawes arall, ond heb fentro'i dynnu dros ei ben.

'Gawn ni symud nawr?' gofynnodd Nemo'n swta. 'Rhaid i ni osod yr offer sy'n mynd i'n helpu ni i fyrddio.'

'Gallwch,' meddai Sgwid. 'Cariwch 'mlaen.'

Siglodd y llong bysgota wrth i'r criw lusgo rhywbeth siâp gwn ar draws y dec. Gwasgodd Sgwid ei hun yn erbyn cefn y llong a'r rhaff yn dal yn ei law. Cyfrodd yr wynebau oedd yn canolbwyntio ar osod y gwn yn ei le ar y ganllaw dde. Chwech ohonyn nhw, a'r seithfed yng nghaban y llong. Pan oedd pawb yn brysur, tynnodd y crys du llewys hir dros ei ben.

Wrthi'n gwisgo'r mwgwd oedd e, pan daniodd injan y llong bysgota'n sydyn. Neidiodd y llong yn ei blaen a thaflu Sgwid ar lawr. Mewn chwinc roedd Luned yn eistedd ar ei ben ac yn gwasgu ei wyneb yn erbyn y dec.

'Sa'n dawel,' hisiodd Luned yn ei glust. 'Rwyt ti'n saffach fan hyn.'

'Does neb yn saff!' rhuodd Sgwid, a gwingo yn ei herbyn.

Atseiniodd clec o ochr dde'r llong. Am foment llaciodd gafael Luned arno, a thaflodd Sgwid hi i ffwrdd. Wrth stryffaglio ar ei draed a Luned yn crafangu am ei goesau, gwelodd raff â bachyn ar ei blaen yn tasgu o geg y gwn ac yn anelu am ganllaw'r Terre-douce.

Cydiodd y bachyn yn y ganllaw, a dechreuodd Nemo a'r lleill ddringo'r rhaff. Gydag un plwc chwyrn dihangodd Sgwid o afael Luned, a rhoi naid ar draws y cwch. Ond cyn iddo allu cydio yn y rhaff, fe'i gwelodd yn plygu. Roedd y bachyn wedi dod yn rhydd o'r ganllaw. Gyda sgrech fetelaidd a chorws o sgrechiadau dynol, llithrodd ar hyd ochr y Terre-douce, a phlymiodd y tri phrotestiwr bendramwnwgl i'r môr.

Ond ddisgynnodd y rhaff ddim i'r dŵr. Hanner ffordd i lawr ochr y llong roedd y bachyn wedi cydio'n sownd. Er i Sgwid dynnu'n galed ar y rhaff, symudodd hi ddim. Ar unwaith, tra oedd pawb arall yn stryffaglio i achub eu ffrindiau o'r môr, fe lansiodd ei hun i'r tywyllwch, sgimio dros y tonnau a swingio tuag at y Terre-douce. Trawodd ochr y llong gyda chlec, a chaeodd ei lygaid mewn poen.

Pan agorodd nhw, gwelodd ffrwd goch yn llifo heibio. Meddyliodd am foment mai ei waed ei hun oedd yn diferu ar hyd y llong. Ond dim ond y golau coch oedd e. Yn y golau sylwodd fod y llong wedi 'i gwneud o blatiau cul o fetel. Gafaelodd mewn ymyl plât, gwthio blaenau ei drenyrs ar ben plât arall, a llithro oddi ar y rhaff. Wrth wneud, teimlodd y rhaff yn ysgwyd. Roedd un o'r criw protestwyr wedi 'i weld ac yn paratoi i'w ddilyn. Estynnodd Sgwid am y bachyn, ei dynnu'n rhydd a thaflu'r bachyn a'r rhaff i'r môr.

Heb edrych yn ôl, dechreuodd gripian i fyny ochrau metel y llong. Roedd hi'n haws na'r disgwyl, fel esgyn wal ddringo. Ond hyd yn oed ar wal ddringo, doedd Sgwid erioed wedi mentro mwy nag ychydig fetrau o'r llawr. Dringodd yn ddyfal, nes gweld canllaw'r dec led braich uwch ei ben. Arhosodd i gael ei wynt, ac yn ddirybudd teimlodd ei freichiau'n gwanhau. Wrth i'w fysedd golli'u gafael, hyrddiodd ei hun at y ganllaw a glynu wrthi fel gele. Glynodd yn dynn, nes i'w galon arafu, yna llusgodd ei hun fel hen grwban drwy'r rêlins i'r dec.

Roedd y dec yn wag, ac yn sgleinio'n oeraidd yng ngolau'r sêr. Roedd Sgwid wedi bod ar fferi sawl gwaith, ond doedd e erioed wedi bod ar long debyg i hon. Doedd 'na ddim bwrlwm pobl, na rhesi o ffenestri, dim ond anferth o ddec metel oer, ac yn ei ben draw rhyw gaban oedd yn edrych fawr mwy nag arhosfan bws.

Sbeciodd Sgwid drwy'r ganllaw a gweld cysgod y llong bysgota ymhell islaw. Dychmygodd weld llygaid gofidus yn chwilio amdano. 'Ewch i ffwrdd!' sibrydodd. 'Ewch yn ôl i'r harbwr.' Ond wrth gwrs fedren nhw mo'i glywed, a doedden nhw ddim yn debyg o wrando, ta beth.

Pwy oedd yn gwrando? Ble oedd criw'r Terre-douce? Cododd Sgwid yn ei gwrcwd a rhedeg at y caban. O dan do'r caban roedd grisiau'n arwain tuag i lawr, ac yn diflannu i bwll du. Clustfeiniodd Sgwid, a chlywed dim byd ond sŵn ei waed yn rhuo yn ei glustiau. Gafaelodd yn y ganllaw a disgyn yn araf i'r düwch.

O'r diwedd teimlodd y llawr o dan ei draed. Roedd e'n dal i sefyll â'i law ar y ganllaw, pan atseiniodd clec sydyn fel bwled. Plymiodd Sgwid o dan y grisiau, a gweld saeth o olau'n tasgu drwy'r tywyllwch. Roedd coridor hir yn ymestyn i'r chwith, ac ym mhen draw'r coridor roedd drws yn agor. Daeth silwét dyn i'r golwg yn y drws, a sefyll yn hollol lonydd am eiliadau hir.

Yna: 'Gwydion,' galwodd llais mwyn.

Wrth i'r llais suo tuag ato, rhedodd ias drwy gorff Sgwid. Doedd e ddim wedi clywed y llais ers blwyddyn a mwy. Tan yn ddiweddar doedd e ddim wedi disgwyl ei glywed byth eto.

    'Gwydion! Dere 'ma.'

    Yn araf, yn anghrediniol, camodd Sgwid o'i guddfan, a chripian tuag at silwét y dyn yn y drws.

    Y dyn y bu yn ei angladd flwyddyn yn ôl.

    Dustin Starr.

19

Na!

O gwmpas y dyn ffrydiai golau llachar, ond roedd ei wyneb mewn cysgod. Twyllwr oedd e!

Wrth i Sgwid nesáu, ciliodd y dyn o'i ffordd, a chamodd Sgwid i mewn i stafell foel, glinigol. Stafell gydag waliau metel gwyn, un ddesg, dwy gadair, cyfrifiadur, sgrin fawr ar y wal uwchben. A dyn. Yn araf trodd Sgwid i wynebu'r dyn hwnnw.

Am yr eildro teimlodd ias yn rhedeg drwy'i gorff. O'i flaen roedd wyneb main â llygaid craff. Wyneb wedi 'i fframio gan wallt lliw llygoden oedd yn gorwedd yn gynffon ar ei ysgwydd.

Wyneb Dustin Starr.

Nid twyllwr oedd yn sefyll o'i flaen. Dustin oedd e. Dustin yn ei iwnifform arferol o jîns *designer* du, a chrys Polo du, gyda phatrwm tei, o'i waith ei hun, wedi 'i brintio ar y tu blaen. Dustin a neb arall.

Teimlodd Sgwid y chwys yn ffrydio i'w fochau. Roedd e'n dal i wisgo'r mwgwd. Cyn iddo gael cyfle i'w dynnu i ffwrdd, estynnodd Dustin ei law a'i gipio.

'Dyna welliant!' meddai, gan ollwng y mwgwd ar ddesg. 'Nawr dwi'n gallu gweld dy wyneb di.' Gwenodd.

Plygodd Sgwid ei ben i osgoi'r wên. Roedd ei galon yn curo

mor ffyrnig nes bod ei gorff cyfan yn crynu. Roedd Dustin yn fyw. Wedi dod yn ôl yn fyw. Allai e ddim deall!

A nawr roedd tri llun o Dustin yn neidio o flaen ei lygaid. Roedd e'n mynd yn wallgo. Na! Gwasgodd Sgwid ei ewinedd yn ddwfn i gledr ei law. Roedd y tri llun ar dei Dustin. Roedd Dustin wedi arfer rhoi hanes ei fywyd ar y patrwm tei roedd e'n brintio ar ei grys, ac ar y tei hwn roedd llun helics DNA, a thri llun o wyneb Dustin, un yn hŷn na'r lleill.

DNA... tri Dustin. Anadlodd Sgwid yn araf, araf, nes bod ei byls yn tawelu a'r gwres yn cilio o'i fochau.

O'r diwedd cododd ei ben a syllu ar y dyn o'i flaen. Dyn clyfar, cyfrwys, cyfoethog. Y math o ddyn oedd yn gallu gwneud popeth... bron.

Roedd gwên wybodus ar wyneb Dustin.

'Wel?' meddai. 'Does gen ti ddim byd i'w ddweud wrtha i, Gwydion? O'n i'n meddwl y byddet ti'n falch i 'ngweld i.'

Ddwedodd Sgwid 'run gair.

'Dwyt ti ddim yn falch i weld dy ffrind wedi codi o'r bedd?'

Ffrind? Roedd Dustin wedi colli'r hawl i alw ei hun yn ffrind dros flwyddyn yn ôl. 'Fuest ti erioed mewn bedd,' meddai Sgwid yn dawel.

'Na?'

'Na.'

'Wyt ti'n dweud bod dy fam a dy dad yn dweud celwydd?' Cododd Dustin ei aeliau.

'Na.'

'Ond fe wnaethon nhw adnabod fy nghorff i yng Nghernyw.'

'Fe wnaethon nhw adnabod corff, do,' meddai Sgwid. 'Ond mae 'na fwy nag un ohonot ti, yn does, Dustin Starr?'

Syllodd i fyw llygaid Dustin, a dal i syllu, ond cyn i Dustin ymateb, atseiniodd llais o'r coridor

'Anghywir!' cyfarthodd y llais, ac ar y wal fetel o'i flaen gwelodd Sgwid gysgod du yn symud yn fân ac yn fuan. Tyfodd y cysgod, a sgubodd dyn ifanc i mewn i'r stafell. Safodd yn ymyl Dustin, clecian ei sodlau a throi i grechwenu ar Sgwid.

Gydag ymdrech safodd Sgwid yn hollol lonydd. O'i flaen roedd dau wyneb bron yn hollol yr un fath – dau bâr o lygaid fel gwreichion glas, dannedd bach yn disgleirio, dwy geg lydan yn gwenu'n wawdlyd. Yr unig wahaniaeth rhwng y ddau wyneb oedd bod un rai blynyddoedd yn ifancach na'r llall. O'i flaen safai dau gorff main mewn jîns *designer* du, a chrysau Polo du. Yr unig wahaniaeth yn y dillad oedd bod patrwm ar dei Dustin, ond dim ond amlinelliad tei ar grys y llall.

Estynnodd yr ieuengaf o'r ddau ei law a chlecian ei fysedd o dan drwyn Sgwid.

'Dim ond un Dustin Starr sy,' suodd drwy'i ddannedd. 'Tindus ydw i. Tindus, ei frawd.'

'Ie, dau frawd ydyn ni,' meddai Dustin, gan lygadu Sgwid a rhoi'i law yn gadarn ar ysgwydd Tindus. 'Dau frawd sy'n meddu ar yr un gallu, yr un sgiliau anhygoel, ac wrth gwrs yr un DNA. Ti'n gweld, Gwydion, pan oeddwn i ond deg oed, dwedes i wrth fy rhieni, beth petai rhywbeth yn digwydd i fi a'r byd yn colli fy sgiliau rhyfeddol? Mater bach oedd hi wedyn i'm rhieni gysylltu â gwyddonydd yn un o wledydd dirgel y Dwyrain Pell, a threfnu i fi gael brawd o'm DNA fy hun.'

'Brawd?' gofynnodd Sgwid.

'Brawd!' hisiodd Tindus.

'Un brawd? Ydych chi ddim wedi anghofio rhywun?' meddai Sgwid. 'Mae tri wyneb ar y tei.'

Gwasgodd Dustin ysgwydd Tindus, cyn i'w frawd ddweud gair.

'Dydyn ni ddim wedi anghofio neb,' meddai'n bwyllog. 'Mae Studin, ein brawd arall, gyda ni o hyd. Mae e'n rhan ohonon ni.'

'Ond mae ei gorff mewn bedd ym Mhencelyn,' meddai Sgwid.

Gwasgodd Dustin ei wefusau'n dynn. 'Cafodd Studin ddamwain yng Nghernyw wrth gloddio yn Tintagel am olion Arthur,' cyfaddefodd o'r diwedd. 'Trueni mawr. Petaen ni'n gwybod bod bawd Arthur ar ei ffordd i'r Bae, ac mor hawdd i'w ddwyn, fydden ni ddim wedi cloddio yn Tintagel. Ond dyna fe.

Roedd Studin yn fodlon aberthu'i hun, er mwyn i Arthur gael byw, yn doedd e, Tindus?'

'Oedd,' atebodd Tindus, a gwylio'r chwys yn ffrwydro unwaith eto dros dalcen Sgwid. 'Be sy'n bod arno fe?' gofynnodd i'w frawd.

'Be sy'n bod?' meddai Dustin a'r wên yn ôl ar ei wyneb. 'Dwi'n meddwl bod ein ffrind newydd sylweddoli beth yw ein cynlluniau ni.'

'Chi'n mynd i ail-greu Arthur!' crawciodd Sgwid. 'Chi'n wallgo.'

'Clyfar yw'r gair fyddwn i'n ddefnyddio,' meddai Dustin yn ysgafn. 'Clyfar, ac ysbrydoledig.'

'Clyfar a chreulon!' poerodd Sgwid. 'Pwy arall sy wedi marw er mwyn i Arthur gael byw? Paul?'

'Na,' snwffiodd Tindus. 'Fe fuodd Paul Masters farw er mwyn i Dustin a fi gael byw'n dawel.'

'Roedd Paul yn ymchwilio i clôns ac wedi darganfod hen stori am ddyn yn creu clôns dynol yn y Dwyrain Pell,' meddai Dustin. 'Roedd e'n mynd i sgrifennu erthygl ar y pwnc. Ond drwy lwc, cyn datgelu'n cyfrinach ni i'r byd, fe rannodd yr wybodaeth ag un o'n ffrindiau yn Adran Bio-wyddoniaeth Prifysgol Caerdydd. Ac fe drefnon ni bigiad fach. Ar ôl iddo weld y gêm, wrth gwrs.' Edrychodd yn slei ar Sgwid. 'Fe golles i'r cais ola, ond mi oedd yn gêm dda, yn doedd?'

'A Gari,' sibrydodd Sgwid, a'r chwys yn diferu ar ei grys. 'Beth am Gari?'

Ciledrychodd y ddau frawd ar ei gilydd.

'Be wnaethoch chi â Gari? Dwedwch wrtha i!' rhuodd Sgwid.

Swagrodd Tindus draw ato. 'Dweud wrthot ti?' gwawdiodd. 'Pam fydden ni'n dweud unrhyw beth wrthot ti? Twpsyn!' Trawodd Sgwid ar draws ei wyneb.

'Twpsyn?' Agorodd llygaid Dustin led y pen.

'Twpsyn,' meddai Tindus, a noethi'i ddannedd yn wyneb Sgwid. 'Doedd Gwydion Beynon yn deall dim. Nes iddo weld y llun ar dy dei di, doedd ganddo ddim cliw beth oedd yn digwydd. Dim ond ffliwc ei fod e wedi glanio ar y Terre-douce. Ffliwc a thipyn go lew o help oddi wrtha i drwy negeseuon ac ati.'

'Felly?' meddai Dustin.

'Felly,' meddai Tindus, a thynnu'i fys yn araf ar draws ei wddw.

Chwythodd Dustin ei fochau, a rhoi gwên gam. 'Mae'n wir ddrwg gen i, Gwydion,' meddai. 'Pan ddigwyddodd Tindus – drwy gyd-ddigwyddiad llwyr – dy sbotio di yn yr Halcyon ddechrau'r wythnos, fe benderfynes i fod hynny'n arwydd y dylen ni drio dy achub di. Ac fe wnes i 'ngorau glas, do wir. Fe esbonies i wrth Tindus mai ti, a dim ond ti, rwystrodd fy nghynlluniau i yn Llundain flwyddyn yn ôl.'

'Ffliwc arall!' wfftiodd ei frawd.

'Ond fel rwyt ti'n gweld, ar ôl dy wylio di'n ofalus am sawl diwrnod, mae e o'r farn mai ffliwc ac nid clyfrwch oedd yn gyfrifol. A dwi'n ofni, falle'n wir ei fod e'n iawn.' Cododd ei ysgwyddau. 'Trueni. Trueni mawr. Mae angen mwy o bobl glyfar yn y byd, yn does?'

'Mae angen pobl gall!' poerodd Sgwid.

'Ffŵl!' Syllodd Tindus yn wawdlyd i fyw ei lygaid.

Syllodd Sgwid yn ôl ar y llygaid glas.

Syllu, dal i syllu, ac yna troi ar amrantiad, ei heglu hi nerth ei draed i lawr y coridor, a hyrddio'i hun lan y grisiau at y dec. Yn y düwch sylwodd e ddim fod y drws ar ben y grisiau ar gau. Trawodd ei ben gyda chlec enbyd. Mewn niwl o boen llithrodd yn ôl i'r llawr, a glanio wrth draed Dustin a Tindus. Cododd y ddau e a'i lusgo'n ôl i'r stafell.

'Ei di ddim allan o'r llong,' meddai Dustin, gan ei ollwng ar gadair wrth ddesg. 'Ei di ddim allan byth. Mae pob drws ar glo, a does neb yno i dy achub di ta beth. Mae pawb wedi mynd.' Pwyntiodd at y sgrin ar y wal.

Drwy fflachiadau o boen gwelodd Sgwid olygfa o'r môr gerllaw'r Terre-douce. Yn hwylio tuag ochr dde'r sgrin roedd llong bysgota. Ar ei bwrdd roedd dau ddyn yn pwyntio'u gynnau at res o bobl oedd yn gorwedd ar y dec.

'Paid â phoeni am dy ffrindiau,' meddai Dustin. 'Fe gân nhw lanio'n ddiogel ar un o draethau anghysbell Penfro cyn bo hir, pan ddaw yr awr.'

'Pa awr?' crawciodd Sgwid.

'Awr ail-eni Arthur!' hisiodd Tindus yn ei glust.

'Ti'n gweld, Gwydion,' meddai Dustin yn fodlon, 'cyn i Arthur gael ei eni y tro cynta, ymddangosodd seren yn yr awyr. Ar gyfer ei ail-enedigaeth bydd dau Starr, sef Tindus a fi.'

'A chyn i Arthur gael ei eni y tro cynta fflachiodd tafodau o dân dros Fôr Iwerydd,' cyhoeddodd Tindus gan estyn heibio i Sgwid a gwasgu botwm ar gyfrifiadur. Ar unwaith diflannodd llun y cwch bysgota. Fflachiodd tafodau o dân dros y sgrin, ac ynghanol y fflamau llun adeilad y Senedd yn ffrwydro.

Chwarddodd Dustin wrth weld y braw ar wyneb Sgwid. 'Dyw'r ffrwydriad ddim wedi digwydd eto,' meddai. 'Ond fe fydd yn digwydd. Does 'na ddim asbestos ar fwrdd y Terre-douce, ti'n gweld, Gwydion. Cwch sy yn howld y Terre-douce. Cwch yn llawn ffrwydron. Cyn bo hir fe fydda i'n gyrru'r cwch hwnnw tuag at y Senedd.'

Anghofiodd Sgwid am y poen yn ei ben. 'Allwch chi ddim!' llefodd.

'Anghywir,' meddai Dustin a'i wyneb yn disgleirio. 'Allet ti ddim, achos does gen ti mo'r gallu. Ond fe alla i.'

'Ond byddwch chi'n lladd cannoedd.'

'Cannoedd o bobl ddiwerth,' meddai Tindus. 'Fel ti.'

'Ie. Trueni mawr, Gwydion,' chwarddodd Dustin. 'Trueni dy fod ti wedi'n siomi ni. Petait ti'n glyfar go iawn, bydden ni wedi trefnu i ti fyw am byth. Fe fydden ni'n casglu dy DNA di – dyna oedd y bwriad, ti'n gweld – ond fel y mae…'

'Fel y mae, dwyt ti ddim gwerth y drafferth,' wfftiodd Tindus.

'Ond fe gei di o leia fyw am… Edrychodd Dustin ar ei watsh. '…am ryw 47 munud. Saith o'r gloch, Gwydion. Am saith o'r gloch mae Lance Morden yn cyrraedd y Senedd er mwyn cael cyfarfod cyn brecwast gydag Aeres Hamer. Saith o'r gloch ar Awst y pymthegfed, fe ddaw yr awr. Awr dinistrio'r Senedd.'

'Ond pam?' llefodd Sgwid. 'Pam dinistrio Senedd y Cymry!'

'Y Cymry!' gwawdiodd Dustin. 'Mae Cynulliad Cymru wedi gwahodd arweinydd y Sacsoniaid i agor ei arddangosfa.'

'Ond dwyt ti ddim yn Gymro,' meddai Sgwid. 'Pam wyt ti'n poeni?'

'Am nad wyt ti'n poeni digon,' atebodd Dustin. 'Sa' draw!' Camodd yn ôl yn sydyn wrth i Sgwid wneud ystum bygythiol. 'Paid ti ag ymosod arna i. Mae hi'n rhy hwyr. Cer ag e, Tindus, tra bydda i'n paratoi.'

Trodd Dustin ar ei sawdl a gadael y stafell.

'Dere. Sa fan'na,' chwyrnodd Tindus a rhoi hwb i Sgwid tuag at y wal gyferbyn â'r drws. 'Sa fan'na! Nawr!'

Symudodd Sgwid yn ofalus. Roedd 'na gadair o fewn cyrraedd. Gyda'r gadair gallai lorio Tindus. Ond cyn iddo gael cyfle i afael ynddi, cyffyrddodd Tindus â phanel yn y wal.

Agorodd y panel yn chwim, a datgelu stafell fach. Yn y stafell, yn potio pêl wrth fwrdd snwcer, roedd Gari.

20

'Ga…!' Cyn i enw'i ffrind orffen ffrwydro o'i geg, cafodd Sgwid hergwd chwyrn yn ei gefn gan Tindus. Baglodd drwy'r drws, a chrasio'n erbyn y bwrdd snwcer.

'Sgwid!' gwaeddodd Gari mewn braw.

Stryffagliodd Sgwid ar ei draed.

'Gar!' crawciodd wrth i'r drws gau y tu ôl iddo. 'Gar!' Doedd dim amser i ddathlu bod ei ffrind yn fyw. 'Rhaid i ni ddod mas o 'ma, Gar. Dere. Helpa fi.'

'Wyt ti'n gall?' gwichiodd Gari, a neidio o'i ffordd.

'Gar!' llefodd Sgwid.

'Dwi ddim yn dianc!' hisiodd Gari. 'Dwi ddim yn dianc! Dwi'n mynd i aros yma, Sgwid.'

'Ond…'

'Dwi'n mynd i aros yma!' gwaeddodd Gari ar ei draws, a gwneud ystum karate i'w stopio rhag mynd yn agos. 'Cadw draw, Sgwid! Cadw draw! Ti'n jelys, yn dwyt? Er mai dy ffrind di yw Tindus Starr…'

'Ffrind!'

'Dwedest ti ei fod e'n ffrind i ti. Dwedest ti dros y ffôn nos Iau, pan gwrddes i â Tindus ar y ffordd yn ôl i'r Halcyon. Ti ofynnodd i fi roi reid iddo fe i lawr i'r Bae.'

'Na…'

'Ie, Sgwid!' gwaeddodd Gari. 'Paid â dweud 'na' drwy'r amser. Rwyt ti'n jelys, yn dwyt? Ti'n jelys am ei fod e wedi penderfynu fy newis i yn dy le di?'

'I be?'

'I gael fy ail-eni, wrth gwrs!'

'Be?' Rhedodd ias o ddychryn drwy Sgwid.

Snwffiodd Gari'n fodlon, estyn am sialc a dechrau sialcio'i giw. 'Dwyt ti ddim eisiau i fi gael fy ail-eni,' meddai mewn llais plentynnaidd, 'achos wedyn mi fydd gen i'n union yr un sgiliau ag oedd gen i cyn y ddamwain. Mi fydda i'n chwaraewr gwych eto. Yn bencampwr y byd! Yn well o lawer na ti, Sgwid.'

Ddwedodd Sgwid 'run gair, dim ond troi a hyrddio'i hun at y wal. Chwiliodd am ymyl y panel, a thrio gwthio'i ewinedd i'r crac. Triodd wthio. Triodd dynnu. Roedd y stafell yn wag heblaw am y bwrdd snwcer. Doedd dim byd i'w helpu.

'Alli di ddim agor y drws, Sgwid,' meddai llais hamddenol Gari, wrth ei weld e'n bustachu. 'Dyw'r drysau ddim ond yn ymateb i ddwylo Dustin a Tindus.'

Edrychodd Sgwid dros ei ysgwydd. Roedd Gari dal i roi sialc ar ei giw, yn sialcio a sialcio nes bod cawod wen yn disgyn ar ffelt y bwrdd snwcer.

'Gar!' erfyniodd Sgwid. 'Gwranda, wnei di? Mae raid i ni ddianc achos… Gar!' Roedd Gari wedi plygu dros y bwrdd a'r ciw yn ei law. Rhuthrodd Sgwid tuag ato, cydio yn ei ysgwydd a thrio 'i lusgo i ffwrdd, ond gafaelodd Gari ynddo a gwthio'i ben tuag at y ffelt.

Gyda blaen y ciw roedd Gari wedi sgrifennu dwy lythyren yn y powdwr sialc.

Sh

Sh?

Symudodd Gari ei lygaid o un ochr i'r llall. Ar yr un pryd, gwaeddodd, 'Chwarae snwcer, Sgwid, yn lle cadw stŵr.'

Roedd rhywun yn gwrando. Neidiodd calon Sgwid. Cymerodd y ciw gan feddwl sgrifennu'i neges ei hun, ond doedd dim amser.

Edrychodd ar ei watsh.

'Gari,' erfyniodd. 'Mewn hanner awr mae cwch yn llawn ffrwydron yn mynd i gael ei yrru at y Senedd.'

'Be?' Nawr roedd Gari wedi dychryn go iawn. 'Pwy ddwedodd?' llefodd, gan gipedrych i gyfeiriad y drws.

'Dustin, wrth gwrs.' Roedd Sgwid hefyd wedi cipedrych ar y drws. Tybed pwy oedd yn gwrando? Gyda lwc, Tindus. 'Pwy arall?' meddai'n wawdlyd. 'Dyw Tindus yn ddim byd ond clôn.'

'Ond fydde Dustin ddim yn gwneud dim heb gysylltu â Tindus,' protestiodd Gari, gan drio amneidio ar Sgwid i fod yn dawel.

Ond doedd Sgwid ddim am dawelu.

'Ti'n gall?' snwffiodd yn uchel. 'All Tindus ddim meddwl dros ei hunan.'

'Mae pawb yn gallu meddwl,' mynnodd Gari.

'Pawb ond Tindus,' meddai Sgwid. 'Alli di ddim ei feio e, achos clôn yw e. Clôn, 'run fath â Dolly'r ddafad. Mae'n cael ei ordors i gyd oddi wrth ei frawd. Petai e'n dechrau meddwl dros ei hunan, byddai Dustin yn cael gwared ohono, fel y cafodd e wared o'r clôn arall.'

'Damwain gafodd Studin.'

Roedd y llais wedi siffrwd o'r tu ôl i'r wal. Agorodd y wal ychydig gentimetrau i ddatgelu Tindus yn syllu drwy'r agen.

'Damwain handi iawn,' meddai Sgwid. 'Damwain achubodd groen Dustin, pan oedd yr heddlu'n chwilio amdano.'

'Damwain!' hisiodd Tindus.

'Sut byddet ti'n gwbod?' meddai Sgwid dros ei ysgwydd. 'Dwyt ti ddim yn meddwl bod Dustin yn dweud popeth wrthot ti?'

'Ydy! A dyw e ddim yn rhoi ordors i fi.'

'Hy!' Trodd Sgwid a gwenu'n bryfoclyd ar y bachgen yn y drws. 'Pam does dim llun ar dy dei di 'te? Mae Dustin wastad yn rhoi patrwm ar ei dei sy'n dweud ei hanes. Ond does dim byd ar dy dei di. Tei gwag i ben gwag.'

Cipedrychodd Tindus ar ei dei a chochi mewn tymer. Tynnodd

anadl ddofn gan feddwl gweiddi ar Sgwid, ond cyn iddo orffen tynnu'r anadl roedd Sgwid wedi hyrddio'i hun ar draws y stafell. Gwthiodd ei fraich drwy'r agen, a gafael yng nghrys y bachgen. 'A!' Gwaeddodd mewn poen wrth i'r panel gau ar ei fraich.

'Dal ati, Sgwid!' Roedd Gari wrth ei ochr, yn gafael yn y panel â'i ddwy law ac yn tynnu ei orau glas. Yr ochr draw i'r drws roedd Tindus yn trio gwingo'n rhydd.

Gyda holl nerth ei fraich tynhaodd Sgwid ei afael yng nghrys Tindus a rhoi plwc. Crasiodd Tindus yn erbyn y panel, ac wrth wneud, trawodd ei law yn ei erbyn. Ar unwaith suodd y panel ar agor, a disgynnodd Tindus ar ei hyd gyda Sgwid ar ei ben. Gwingodd fel cic-bocsiwr nes i Gari landio ar ei draed. Estynnodd Sgwid am ei fwgwd du, oedd yn gorwedd ar lawr. Stwffiodd y mwgwd i geg y bachgen, ac fe lusgodd e a Gari e allan i'r coridor yn gwichian ac yn tagu.

Safodd Sgwid i gael ei wynt ac i hisian yn ei glust. 'Rwyt ti'n mynd i ddangos y peiriant sy'n rheoli'r cwch ffrwydron i ni. Rwyt ti'n mynd i feddwl dros dy hun am unwaith, ac yn mynd i'w stopio. Nawr cwyd.'

Cododd Tindus, a'i lygaid yn melltennu. Cydiodd Sgwid a Gari yn ei freichiau a rhoi hwb iddo.

'Symud.'

Symudodd Tindus. Brasgamodd yn ei flaen fel anifail ffyrnig. Brysiodd heibio i fylbiau gwan y coridor, troi i'r dde ac arafu. Gwnaeth sŵn chwyrnu yn ei wddw a thrio poeri'r mwgwd o'i geg.

Ar ganol poeri, stopiodd yn stond a'i lygaid bron â neidio o'i ben.

Roedd Dustin yn sefyll ym mhen draw'r coridor, Dustin mewn crys du newydd sbon gyda phatrwm tei wedi 'i brintio ar y tu blaen. Ar y tei roedd llun y Senedd yn ffrwydro'n wenfflam a silwét cwch ar y tu blaen. Ar fwrdd y cwch, ond yn rhy fach i'r tri arall allu 'u gweld, roedd tri ffigwr bach du.

'Wel, Tindus,' chwarddodd Dustin. 'Falle bod Gwydion Beynon yn glyfrach nag wyt ti'n feddwl wedi'r cyfan. Chwarae teg i ti, Gwydion. A tithe, Gari. Dal i drio tan y funud ola.' Edrychodd ar ei watsh. 'Wel, y 6 munud a 36 eiliad ola i fod yn fanwl. Nawr gadewch fy mrawd bach i fynd.'

'Stopia di'r cwch yn gynta,' gwaeddodd Sgwid.

'Stopia di fe, Gwydion.'

'Sut?'

Nodiodd Dustin at y wal yn ymyl ysgwydd chwith Sgwid. Rhoddodd Sgwid blwc i law dde Tindus a'i gwasgu ar y wal. Agorodd y wal mor sydyn nes i Sgwid a Tindus faglu drwy'r agen gan dynnu Gari gyda nhw. Disgynnodd y tri yn erbyn canllaw fetel. Roedden nhw'n sefyll ar bont yn howld y llong. Ym mhen arall y bont roedd cwch modur mawr.

Cyn i Tindus gael ei wynt ato, gwthiodd Sgwid e dros y bont at ddec y cwch. Yna, gyda Gari wrth ei ysgwydd trodd i wynebu Dustin oedd yn sefyll yn y drws y tu ôl iddyn nhw.

'Gwydion,' meddai Dustin. 'Mae gen ti bedair munud a thri deg wyth eiliad i achub dy hun a Gari.'

'Ac mae gen ti bedair munud a thri deg wyth eiliad... '

'Tri deg pump.'

'... i achub dy frawd.'

Cododd Dustin ei arddwrn a syllu ar ei watsh.

'Llai na phedair munud nawr,' meddai.

'I achub dy frawd, Dustin,' mynnodd Sgwid.

'Pa frawd?' meddai Dustin, a gwên ysgafn yn chwarae o gwmpas ei wefusau. 'Dwyt ti ddim yn meddwl mai Tindus yw'r unig un sy ar ôl, wyt ti?'

Syllodd Sgwid yn syn ar Tindus. Roedd llygaid y bachgen yn llawn braw. Estynnodd Sgwid ei law a thynnu'r mwgwd o'i geg. Pesychodd Tindus a gwegian yn erbyn Gari.

'Oes rhagor ohonoch chi?' gofynnodd Gari.

'Oes, wrth gwrs,' atebodd Dustin. 'Mae 'na ddigon o rai sbâr. Ond fydd 'na ddim rhagor ohonot ti, Gari Humphreys. Yn anffodus.'

Gwenodd yn ddi-hid, a chamu'n sionc i'r coridor. Caeodd y drws ar ei ôl.

'Tindus!' ebychodd Sgwid. 'Dere i agor y drws, glou.'

Rhoddodd hwb i Tindus i gyfeiriad y bont, ond cyn i Tindus ei chyrraedd fe swingiodd y bont yn ôl yn erbyn y wal bella.

Roedd tri metr o wagle rhyngddi a'r cwch. Dringodd Sgwid ar y ganllaw, gan feddwl neidio ar draws y bwlch, ond cydiodd dwy fraich Tindus yn dynn am ei goesau a'i daflu ar lawr.

'Paid, y ffŵl!' gwaeddodd Gari. 'Rhaid i ni i gyd neidio.'

'Na!' Lloriwyd Gari gydag un ergyd chwyrn.

Wrth i Gari ddisgyn yn anymwybodol, diffoddodd y fflwroleuadau, ac aeth pobman yn ddu. Ar yr un pryd dechreuodd waliau'r howld grynu a gwichian.

Cododd Sgwid ar ei bedwar, ac ymbalfalu am goesau Tindus, ond symudodd Tindus o'i ffordd yn heini.

'Nawr!' chwyrnodd, gan swatio yn y caban. 'Fe gewch chi weld be sy'n digwydd pan fydd rhywun yn trio gwneud ffŵl o Tindus Starr!'

Llusgodd Sgwid ei hun i fyny ar ei bengliniau. Roedd Tindus yn wallgo! Oedd e ddim yn deall? Roedd Dustin yn mynd i ladd y tri ohonyn nhw. Roedd e'n mynd i'w chwythu nhw'n gyrbibion ar y cwch ffrwydrol.

A nawr roedd un ochr y llong yn plygu fel ffan fetel enfawr, a ffenestri Caerdydd i'w gweld dros y dŵr yn wincian dan haul y bore.

'Tindus!' rhuodd Sgwid. 'Rhaid i ni ddianc. Helpa fi i godi Gari!' Ond boddwyd ei lais gan ru peiriant. Roedd injan y cwch wedi tanio heb i neb ei gyffwrdd. Yn uchel uwchben y bont fetel, gwelodd Sgwid ffenest fach yn goleuo ac wyneb Dustin yn gwenu arno. Suodd ei lais drwy'r cwch.

'Hwyl fawr, fechgyn. Mwynhewch yr hwylio.'

Diflannodd Dustin o'u golwg. Roedd y cwch yn llithro o afael y llong. Disgynnodd yn esmwyth i'r don, cyn troi mewn hanner cylch, a llamu'n chwyrn i gyfeiriad y ddinas.

'Rhaid i ni ddianc!' gwaeddodd Sgwid, gan afael yn Gari. Ond cyn iddo allu codi'i ffrind dros y ganllaw, rhedodd cryndod drwy'r cwch, a'i hyrddio i'r llawr.

Yr eiliad nesaf roedd ffrwydriad yn atsain dros Fae

Caerdydd, a thafodau tân yn tasgu drwy'r awyr las.

21

Cododd ton fawr o dan y cwch modur a'i hyrddio tuag at yr harbwr mewn cawod o ewyn. Yn gymysg â'r ewyn roedd gwreichion tân.

Gorweddai Sgwid ar lawr y cwch yn syllu ar y bachgen ifanc oedd yn araf lywio'r cwch i stop. Yn ei ymyl roedd Gari'n stwyrian yn ddryslyd.

'Tindus…'

'Does neb yn cael gwneud ffŵl o Tindus Starr,' atebodd y bachgen. Doedd e ddim yn edrych ar Sgwid, dim ond syllu ar y Terre-douce oedd wedi ffrwydro draw ar y môr. 'Neb o gwbl.'

'Be wnest ti?' crawciodd Sgwid gan godi ar ei draed.

'Be wnes i?' Gwenodd y bachgen yn fodlon. 'Fe stopies i'r cwch cyn iddo gyrraedd y lan. Roedd Dustin yn meddwl mai fe oedd yr unig un alla 'i stopio. Ond roedd e'n anghywir. Dyna un anfantais o gael clôn, yn enwedig clôn sy wedi cael cyfle i ddysgu oddi wrth ei frawd. O'n i wastad wedi meddwl 'mod i'n fwy clyfar nawr na Dustin pan oedd e fy oedran i. A nawr dwi wedi profi hynny.'

'Ac wedi 'i ladd e?'

'Na. Nid fi achosodd i'r llong ffrwydro. Dustin wnaeth hynny, pan sylweddolodd e fy mod i'n gallu stopio'r cwch a bod ei gynllun wedi methu. A dwi ddim yn meddwl ei fod e wedi marw.

O na.' Camodd Tindus yn hamddenol dros Gari, a dweud dros ei ysgwydd. 'Felly dwi'n mynd cyn iddo fy nal i.' Dringodd dros ymyl y cwch, a chyn i Sgwid symud cam, roedd e wedi gollwng ei hun yn dawel i'r dŵr.

'Tindus!' Pwysodd Sgwid dros ymyl y cwch a gweiddi, 'Tindus! Does dim rhaid i ti fynd!' Am ychydig eiliadau roedd Tindus i'w weld yn nofio'n gryf drwy'r tonnau, ac yna fe ddiflannodd.

Ar y cei roedd seirennau'n sgrechian, goleuadau glas yn fflachio, llais yn gweiddi drwy megaffon, a chlystyrau o ddynion yn gwau drwy'i gilydd. Rhuodd cwch modur tuag at Sgwid.

'Heddlu!' gwaeddodd llais. 'Ti ar y cwch! Gyrra'n dawel yn ôl i'r harbwr.'

'Alla i ddim!' crawciodd Sgwid.

'Os na wnei di...'

'Alla i ddim!' crawciodd Sgwid yn uwch. 'Mae 'na fom.'

'Be?'

'BOM!'

Aeth y megaffon yn dawel, sŵn lleisiau'n sibrwd, ac yna llais arall, gofalus.

'Beth yw dy enw di?' galwodd y plismon.

'Gwydion.'

'Nawr 'te, Gwydion,' meddai'r llais. 'Dwyt ti ddim eisiau chwythu dy hun i fyny, wyt ti?'

'Na!' llefodd Sgwid, ond roedd y llais drwy'r megaffon yn dal i siarad ar ei draws.

'Mae'r llong asbestos wedi ffrwydro. Does dim rhaid i ti brotestio mwyach...'

'Dwi ddim yn protestio, a dwi ddim eisiau chwythu fy hun i fyny!' gwaeddodd Sgwid. 'Mae gen i ffrind ar fwrdd y cwch sy wedi 'i anafu, ac rydyn ni'n dau eisiau dod oddi ar y cwch nawr.'

'Sa'n llonydd.' Tawodd y llais, a dechreuodd y sibrwd eto. Gwelodd Sgwid wynebau gwelw yn syllu arno. Roedd pawb yn ofnus, yn meddwl ei fod am eu chwythu nhw i fyny, heb sôn am fe ei hunan. Cododd ei ddwylo i'r awyr.

'Dwi ddim yn mynd i wneud dim byd!' gwaeddodd.

'Beth yw dy enw di eto?'

'Gwydion Beynon.'

'Gwydion Beynon?' Cynhyrfodd y llais. Roedd y plismon wedi nabod yr enw. 'Sa'n llonydd nawr,' siarsiodd.

Yn ara bach dechreuodd cwch yr heddlu agosáu at gwch Sgwid. Cyn hir dim ond cilcyn bach o ddŵr oedd yn eu gwahanu. Teimlodd Sgwid ddwylo'n gafael yn ei goesau ac estynnodd ei law i helpu Gari ar ei draed. Nawr roedd breichiau'n estyn am Sgwid. Yn ara bach, yn sigledig, pwysodd y ddau dros y ganllaw a chael eu tynnu'n ysgafn, ysgafn i'r cwch du.

'Mae 'na ddyn yn y môr,' crawciodd Sgwid, wrth i'r cwch heddlu droi tua'r lan.

'Mae'r bad achub ar ei ffordd,' meddai'r plismon. 'Paid â phoeni. Oedd 'na rywun arall?'

'Oedd,' meddai Sgwid.

Ond ffeindien nhw mo hwnnw. Wrth i'r cwch droi tuag at yr harbwr, edrychodd yn ôl at fedd y Terre-douce a gweld pelydryn o olau haul yn disgyn fel cleddyf ar y dŵr. Am eiliad disgwyliai weld llaw wen yn codi o'r tonnau ac yn gafael ynddo.

Llaw Dustin Starr.

22

Roedd Sgwid yn cysgu mewn cell yn Swyddfa'r Heddlu, pan gyrhaeddodd Andrews. Roedd drws y gell yn agored.

Wnaeth Andrews mo'i ddeffro'n syth chwaith. Am ysbaid hir bu Andrews yn gwylio'r dyn ifanc. Roedd wyneb y plismon yn ddwys. Roedd Lance Morden wedi dod ac wedi mynd o Fae Caerdydd yn gymharol ddigyffro. Erbyn iddo gyrraedd y Senedd, chwarter awr yn hwyr, roedd y Terre-douce wedi'i llyncu gan y môr. Erbyn iddo agor yr arddangosfa, roedd y môr yn dawel. Roedd yr ymosodiad ar y Senedd wedi methu, felly roedd pawb mewn hwyliau da, a'r ymweliad yn llwyddiant mawr, ar waetha'r ffaith fod y bawd wedi 'i dynnu o'r arddangosfa.

Roedd hyd yn oed y protestwyr yn hapus.

Pawb ond un.

Roedd Meic Haddon, cyn-fyfyriwr yn Adran Bio-wyddoniaeth y Brifysgol, oedd newydd ennill ei PhD am astudiaeth yn ymwneud â DNA, yn y ddalfa ar gyhuddiad o ddwyn bawd y Brenin a'i werthu i ddihiryn anhysbys.

Anlwc i Haddon oedd ei fod e wedi dod i gysylltiad â dyn ifanc yn un o dafarnau Caerdydd, a hwnnw wedi cynnig £5,000 iddo am drefnu ei fod e'n cael bod yn un o'r criw fyddai'n actio yn ogof Arthur. Bwriad Tindus Starr oedd dwyn bawd y brenin ei hun, ar ôl iddo fe a Dustin fethu â chael hyd i unrhyw gorff na darn o gorff yn Tintagel. Ond roedd Meic Haddon yn gonsuriwr. A phwy gwell na Meic Haddon i ddwyn y bawd, rhoi un ffug yn ei le, a chael £15,000 yn ychwaneg am ei drafferth?

Ie, anlwc. Ond roedd Meic Haddon yn lwcus hefyd. Pe bai Dustin Starr wedi llwyddo i ddymchwel y Senedd, go brin y byddai wedi caniatáu i Haddon fyw am hir.

Ond doedd Dustin Starr ddim wedi llwyddo, ac i Gwydion Beynon oedd y clod am hynny.

Eisteddodd Andrews ar gadair wrth y gwely.

Na, doedd e ddim mewn brys i ddeffro Gwydion Beynon.

Doedd e ddim mewn brys i ddweud wrtho chwaith nad oedd sôn hyd yn hyn am gyrff Tindus a Dustin Starr.

Gwell gadael iddo gysgu, a breuddwydio am snwcer.

Tra gallai.